SMALL

Unleashing the
Big Impact — of Intentionally
Small Churches

is

小

丁湯尼&費莉絲
Tony & Felicity Dale

喬治·巴拿
George Barna
——
合著

葉榮光
——
譯

即是

大

驚人的倍增 **來自簡單的策略**

兔子的繁殖速度遠比大象快，
因爲大小和結構都不複雜！
如果把兩隻兔子和兩隻大象關在房間裡，
一年後，在房門後等你的肯定不是一群大象！
這個原則對於教會也不例外，
刻意小的教會，是爲了釋放巨大的影響力！
• • • • • • • •

今天教會的運作，
95％是傳統，僅5％是真理；如果我們能把這個比例翻轉過來，會如何呢？

親愛的：＿＿＿＿＿＿＿＿＿＿

簡單教會的聚會就是——簡單而已。

相信聖靈的計畫目標比我們自己的更為重要，

並且願意全力以赴。

簡單教會最重要的是DNA的改變！

＿＿＿＿＿＿＿＿＿＿敬上

目錄 • Contents

聯合推薦

神正在使教會從「照我們所知道的樣子」轉變成「神想要的樣子」。作者夫婦帶我們從幕後興奮地觀看神如何恢復祂的家的屬天次序。誠願他們在這本書中所描述的屬靈「兔痘」橫掃我們的「後人為教會」世界，使我們與大君王耶穌一起建造祂的教會。

渥夫根・辛森（Wolfgang Simson）
著有《改變世界的家》*、《The Starfish Manifesto》

關於家教會運動的書，我讀過許多，但這一本對我的幫助最大！作者夫婦投入英國與美國的家教會運動很多年了，所以能在書中呈現家教會事工每一個面向的豐富資訊與實用幫助。對於蒙引導投入簡單教會的人，我會推薦給他們的第一本書就是這本。

羅伯特・費茲（Robert Fitts）
著有《The Church in the House: A Return to Simplicity》

作者夫婦把多年來在全球簡單教會運動的領導與經驗，放到這本書裡。他們真正是這項運動在西方的先鋒／拓荒者，他們的異象與洞見豐富了這本易讀、實用又心懷大志的書。我們衷心感謝他們的服事。

艾倫・赫希（Alan Hirsch）
shapevine.com創辦人，著有《The Forgotten Ways》

I

Small is big

作者夫婦這本新書裡提到的「兔子」就是簡單教會，而這些兔子正迅速倍增！本書中有許多高品質的「兔食」——實用的洞見，裹在真實的故事中出現。作者夫婦以睿智之言訴說這個方興未艾的運動。

約翰‧懷特（John White）
家庭教會培訓網站之社區教練（Community coach at LK10.com）

清楚、實用、及時。這本書的內容值得稱許，但更重要的是，這本書的誕生是來自一對實踐者而非理論家的生命，這對夫婦具有國度胸懷又有一顆謙卑的心。

柯蒂斯‧瑟金特（Curtis Sergeant）
e3 Partners Ministry全球策略長
（Director of Global Strategies, e3 Partners Ministry）

在這緊要關頭，神把一對寶貴的夫婦送給我們國家——丁湯尼與費莉絲夫婦。他們是少數我特別敬重和摯愛的人，能稱他們為朋友和同工是我莫大的榮幸。他們的經驗對我們而言是先知之聲，這本書是給那聲音加上一對翅膀。

高紐爾（Neil Cole）
著有《有機教會》*、《Search & Rescue》、《Organic Leadership》

在這本書中，作者夫婦提出的問題真的是問對了：為何在非洲、亞洲、和拉丁美洲的教會不斷地增長，可在美國和歐洲卻有數以千計的教會正在關閉，並且教會的出席率一直很低呢？他們問了這個問題，而且他們

說神有給我們答案！這是一本不容錯過的好書！

馬克倫（Floyd McClung）
All Nations創辦人暨國際團隊領袖

作者夫婦已經找到恢復神對教會原初目的之關鍵。今天教會的運作95％是傳統，僅5％是真理。如果我們能把這個比例翻轉過來，會如何呢？我鼓勵你讀這本書，必能使你大大獲益！

III

希德‧羅斯（Sid Roth）
電視節目「It's Supernatural!」主持人

作者夫婦是今日在基督身體中醞釀的新革命的先鋒者。這革命的重點是，越來越多的基督徒在體制的教會外聚集，並在基督徒團契中以新鮮的方式體驗基督。這本書讓讀者可以瞥見足以代表這革命的一些令人興奮的事，你將發現在現有「體制化的基督教」之外，耶穌基督可以在新而簡單的教會生活中可以被深刻地認識、經歷並展現出來。快讀這本書，並投入一個可能比宗教改革更大的「革命」！

法蘭克‧威歐拉（Frank Viola）
著有《在天若地的教會》*、《Reimagining Church》、
《參雜異教的基督信仰？》*（與喬治‧巴拿合著）

註

* 《改變世界的家——邁向廿一世紀的教會新架構》。臺北：以琳書房，2001。
* 《有機教會》。香港：高接觸出版社，2012。
* 《在天若地的教會》。香港：主的日子出版社，2010。
* 《參雜異教的基督信仰？》。臺中：基督教中國佈道會出版社，2014。

迎接簡單教會浪潮！

靈糧教牧宣教神學院特任老師／朱束

本書在封面上寫明是由Dale夫婦和George Barna合著。George Barna主持的「Barna Group」是基督教界的蓋洛普（Gallup），對美國基督教界的各種狀況有最詳盡的統計數據。據他的調查，過去十五年來，每年有一百萬基督徒脫離堂會系統，進入「家教會系統」，George Barna認為這是非常重要的趨勢，因此他也參與本書的寫作。

但本書的內容主要是Dale夫婦寫的。丈夫Tony Dale（丁湯尼）是在臺灣出生、成長，他的父親丁曉亮大夫（Donald Dale, 1923-1998）是英國來臺的醫療宣教士，在臺期間帶給臺灣教會很大祝福，後期搬到香港從事中國大陸的事工。丁湯尼從臺中馬里遜學校高中畢業後回英國的大學讀醫科，在那裡遇見他後來的妻子，並投身於1960～1990上帝在英國藉聖靈興起的復興浪潮，除了聖靈能力的彰顯外，該運動特別以「使徒團隊──家教會」的模式運作，圈內人自稱為「恢復」運動。

小即是大：一對實踐者的見證與傳承

丁湯尼夫婦在其中有許多奇妙經歷，並且服事極有果效。1987年他們被上帝帶領到美國德州的Austin市，經過九年摸索，他們創立了「Karis Group」醫療顧問公司，也投入了在美國90年代開始的「簡單教會」的浪

潮。從96年至今，他們已在Austin地區開創了近百間的家職場教會，他們也和別的同工一起開創了「House2House」事工，成為各「簡單教會網絡」彼此連結並交換資訊、分享見證的平臺，這其中的點點滴滴，他們夫婦在本書中都有清晰的描述。

本書除了描述他們在上帝引導下投入「簡單教會浪潮」的心路歷程和實際過程外，也解說了「簡單教會浪潮」的歷史意義、聖經根據、現今的必要性，以及要遵循的重要原則，如：門徒生活（全然委身）、傾聽聖靈的聲音、簡單而可複製、禱告和屬靈爭戰、作見證和說故事……等。書中並對佈道模式、門徒栽培、領導模式、財務處理、網絡連結、保持動力……等實務課題做了簡要而深入的探討。另外，作者也對「要避免的危機」、「簡單教會和中大型堂會的合作」，以及「現有堂會要如何轉型成簡單教會」做了清楚的提示和提醒。

簡單教會：極具驚人果效的事奉模式

中國大陸的鄉村教會在1980～2000年階段曾有快速的增長，但在2000年後，中國大陸轉型到工商業社會及「城鎮化」，鄉村家教會運作模式似乎有些不合用。本書所描述的是在英美工商業社會及都市地區運作的原則和實例，應可對現在大陸上有心為神國努力的弟兄姊妹有相當程度的幫助。而在海外的華人教會，除了在華人居住較密集的地區可以發展中大型堂會，華人住得較分散地區應該是以拓植「簡單教會」較合用。同樣的，在臺灣的農村、漁村、工業區（勞工聚居地區）可能以「簡單教會」較合用，即便在都會地區，一直陷在瓶頸的小型教會（200人以下）似乎可以考慮轉型為「簡單教會網絡」。另外，社會中高級人士（如政府高級公務員、企業董事長……等）可能不願也不適合去堂會參加主日崇拜，發展小

群中高階人士聚會的簡單教會可能是個可行的有效方案。

作者現為美國「簡單教會」運動中的重要領袖，本書內容完全出自他們親身的經歷和見聞，很容易理解並消化吸收。在這上帝正在進行末世大收割的時刻，任何立志要為「完成大使命」而活的牧者和弟兄姊妹都應該閱讀本書，好在所住、所到之處成為「得人漁夫」。華人教會若要「承接宣教的最後一棒」，更應在跨文化宣教地區運用這最省錢、最簡單、最有效、最快速的事奉模式，讓大使命快快完成。

大象和兔子的倍增法

我們在印度農村，天氣炎熱——以至於汗水順著我們的臉滴下。在這個關於教會植堂的會議上，由於沒有空調，房間裡擠滿了人，悶熱加劇。婦女們穿著色彩繽紛的紗麗，她們就像上面充滿異國情調的熱帶花朵，照亮了周圍單調乏味的環境。這是漫長的一天！儘管我們經常用不同的活動來打破這種氣氛，但在幾個小時後水泥地板變得非常硬——只有我們這些備受尊敬的西方訪客和翻譯人員，才能特別享有坐在椅子上的權利。這時大家也該放鬆一下了！

「想像你帶了兩頭大象……。」

觀眾們振奮起來，他們意識到一個故事正在開始。

「為了達到我們的目的，牠們是一公一母。」

小小竊笑。

「你把牠們放進我們後面的房間。」（指著主屋旁邊的一個小廚房。）

更多笑聲了。他們知道你不可能把一頭大象放進去，更不用說兩頭了！

「你給牠們充足的吃、喝，然後關上門。三年後，你回來打開門。會有什麼走出來？」

很多人都大聲地說了些什麼。我們向翻譯尋求幫助。

「他們說會有三頭大象出來——媽媽、爸爸，和一頭小象。」

「很棒呀，三年來媽象和爸象生了一個寶寶！現在，讓我們假想你把兩隻兔子放在房間裡，而不是兩頭大象。」

他們開始咯咯地笑了起來。他們已經預料到將要發生的事情。

「三年後，當你打開門的時候，你最好趕快逃命，因為將有數百萬隻的兔子會從那扇門裡擠爆出來。」

房間裡爆出大笑聲！但他們也已抓住了重點：大而複雜的東西很難複製，小而簡單的東西可以輕易地倍增。大象需要很長的時間才能發育成熟，而且懷孕期也很長，所以繁殖一頭大象需要很多時間。而兔子，從另一方面來看，則非常有生育能力。牠們在四到六個月內就可達到成熟期，懷孕期只要三十天，所以才會有「像兔子一樣繁殖」這種表達和說法。

我們從別人那裡學到了這則故事[1]，但不管我們在世界的哪個地方，並不重要——從原始純樸的印度農村到西方高度發展的城市——人們都會聯想到這個類比，並本能地將其應用於教會植堂上面。

神總是想要讓祂的教會倍增。雖然倍增開始時好像很慢，但從長遠來看，它比加法更有效得多。「刻意地做小教會」（simple church「簡單教會」、organic church「有機教會」、house church「家教會」）可以很容易地複製，而且實際上並不用花錢。它們有快速倍增的潛力，因為任何人都可以在客廳或咖啡店裡聚集一些人，而且這樣的聚會很容易複製。不僅如

此，它們甚至還能滲透到那些永遠不會進入教堂的社會階層裡面去。這就
是為什麼「小就是大」的原因！

　　耶穌正在建造祂的教會。在各國中，「刻意的小教會」的擴散正在產
生重大影響力。讓我們跟隨耶穌進入收割，建造門徒，並看到祂的百姓以
倍數成長的家庭改變我們的世界。

註 ⋯⋯⋯

1.　據我們所知，這個故事源自柯蒂斯‧瑟金特（Curtis Sergeant），他在世界各地
　　迅速增長的教會植堂運動方面擁有豐富的個人經驗。德國的教會增長專家兼研究
　　員渥夫根‧辛森（Wolfgang Simson）也在這方面進行推廣的工作。

第1章
起初

查爾斯·狄更斯（Charles Dickens）的小說《雙城記》（A Tale of Two Cities），以深刻難忘、縈繞人心的文句作了開場：「這是最好的時代，這是最壞的時代……」對我們而言，這些話已經成為一個無法否認的事實。

1987年，我們滿懷著希望和期待抵達美國。我們從倫敦東區（East End）的水泥叢林，來到了德克薩斯州的廣闊空間。我們離開了一個寒冷、多雨、風吹的小島，來到常年氣候溫暖陽光充足的山坡地。我們喜愛這地的食物，喜愛這裡的人們，喜愛這座城市。我們的四個孩子陶醉在不受限制的戶外通道和游泳池裡，與他們的新朋友分享。這確實是最好的時代。

這也是最壞的時代！神已經拋棄了我們——至少就是那種感覺。祂帶領我們搬到德克薩斯州，但當我們一抵達機場，祂似乎就丟下我們搭了下

一班飛機回英國去，留下我們自力更生！

我們怎麼會走到這一步呢？

我們在久負盛名的「聖巴多羅買皇家暨古代醫院（Royal and Ancient Hospital of Saint Bartholomew）」（簡稱Barts Hospital的「巴特醫院」成立於 1123 年）相遇，在組織學的顯微鏡上一見鍾情。也不全然真這樣，而是因為學校裡的基督徒太少了（我們班的一百五十名學生中只有四名是基督徒），我們老是被湊在一起，於是就發展出了深厚的友誼。我們很快就感覺到神在帶領我們結婚。

那時，英國已經是後基督教了，因此在醫學院和醫院裡的所有信徒——從護理師和醫學生到物理治療師、看護，甚至還有少數幾位合格的醫生——形成一個緊密連結的社群。因為我們都花了這麼多時間一起度過了——在醫院學習和工作——我們逐漸意識到，我們在醫院裡以「一個教會」所做的服事，比我們在星期天我們每個人都參加的傳統教會的服事還要有果效。所以我們決定採取一個實際上是不可能的一步：稱自己是一間教會。這在當時是一個非常有爭議的舉動，因為每個人都期待教會是由專業的人士來經營。然而，當我們被趕出全國學生基督教聯合組織，並有一些在倫敦最著名的牧者講道反對我們時，確實給了我們一個並不很令人高興的惡名。

神開始動工。我們在一起的時間常常是榮耀見證了聖靈如何能在一群尋找祂帶領的人中動工。很快地，學生們開始從全國各地來觀看發生了什麼事，他們帶回並使用他們所經歷到的靈火，來點燃自己的學院和大學。結果，更多的人成為基督徒，有許多人被聖靈充滿。

我們取得醫學院學位後，院內的教會派我們和一位很棒的護理師一起，在倫敦東區開拓一間新教會。我們搬到那裡時，又遇到了一對很棒的

夫婦加入我們。當時，倫敦東區並不是像現在住著中產階級的地區。那是一個非常弱勢的區域，到處都充滿可怕的問題。但是耶穌在黑暗中似乎更為明亮。

我先生湯尼的實習生涯中，經常聽到一些實際上沒有什麼醫學解答而令人痛苦的故事，當他回答的時候，他會簡單地對病人說：「你知道，我不確定藥物可不可以幫你治療這個情況，但是你有沒有想到過禱告？」病人通常會回答：「哦，醫生，我有禱告，但我感覺我的禱告好像僅僅達到天花板！」這是湯尼分享好消息的機會！在他為他們醫治和釋放的過程中，他的數百名病人成為信徒，辦公室裡出現了許多的神蹟奇事。隨著教會的增長，湯尼將新信徒交託給一個就在他們所住的街道上聚會的家庭小組——或者至少離他們住處很近的地方。

請不要認為我們有什麼特別，我們看到的並不稀奇。事實上，這類故事發生在全國各地。靈恩運動的背景下，1970年代間，英格蘭對一個基督徒來說是個令人興奮的地方。教會自發性地從人們的家中開始，興起了所謂的「家教會運動」，數以千計這樣的教會湧現，在這個國家的每一個小鎮和村莊充滿活力地表達基督的身體。

那是令人振奮的時代！有些日子，我們真的用跑的趕去我們聚會的那座建築物，因為我們迫不及待地要進入主的同在裡。有時神的同在是如此的真實，以至於我們都會發現自己面朝下地趴在地板上，醉心於對祂的渴慕中。我們不敢在未認罪的情況下進入一場聚會，因為我們知道聖靈極有可能會公然揭露它。

在全國各地，這些家教會的水流正在形成。他們有自己的使徒領導（早期嘗試遵行以弗所書第四章所說的領導團隊模式），數以千計的信徒聚集在一起，度過榮耀的幾週，我們住在帳篷裡，經歷了敬拜、教導和團

7

契那些令人驚嘆的時光。

就像遍布英國大部分的家教會一樣，我們的目標是盡可能變得越大越好。巨型教會的概念剛剛開始獲得接納，我們認為一個大教會是神贊許的標記。我們的小團體迅速成長，最後成為這個城市那一帶最大的秀之一。像大多數其他的家教會一樣，我們早已超越一個家。但隨著我們越來越大，微妙的變化發生了。耶穌的存在感漸漸變得模糊了。實際上，大多數的非傳統教會只不過變為周圍其他教會的馬力加強版，不過是把傳統教會所做的做得更多更花俏而已。

1987年春天，我們從在服事的地方加利福尼亞州搭機返回。我們互相問道：「我們離開時，神有對你說過什麼嗎？」當我們比較筆記的時候，我們發現祂已經各別地告訴我們兩個人：我們要離開英國，搬到美國去，隨後並明確地說，我們的目的地是德克薩斯州。

六個月後，就在五百年前第一次颶風襲擊英國的同一天，也是黑色星期一的股市崩盤的前一天，我們和我們的四個孩子以及航空公司允許的十二個最大的箱子到達了德克薩斯州。我們不認識任何人。我們感覺自己就像亞伯拉罕一樣，服從了一個不知道他要去什麼地方的呼召。

我們住在美國的前幾年裡，我們試圖融入當地好的教會。我們完全失敗了──主要是因為我們對美國教會文化缺乏了解。

財務成了一個問題。我們天真地認為，我們應該是在為湯尼在倫敦所參與的同一事工中工作：服事醫生以及醫療和相關的專業人士的事工。這想法同樣地帶來令人震驚的挫敗──沒有人想僱用兩名沒有執照的醫生。

但最慘的是神停止了對我們說話。祂沒有給我們任何為何會這樣的說明。我們花時間悔改和尋求祂的面，但天堂卻保持沉默。就好像祂再也不在那裡了，神已經拋棄了我們。

這樣持續了非常漫長、非常暗淡的九個年頭。

那些年裡，我們進行長談，並細細思考我們在英格蘭所看到的一切。最終得出的結論是，儘管當時我們還沒有意識到，但我們可能已經歷了一段復興的時期。我們花了幾個小時討論教會的本質。當我們在美國看到的教會裡，是否有某種東西——甚至是英格蘭的家教會運動——在某種程度上阻礙了聖靈的自由流動？為什麼我們早年經歷過神如此強大的運行，而為什麼它會停止呢？神的權能運行是否與教會是小的事實有關——因為小，以致有了深厚的團契關係？

當我們試圖回答這些問題時，我們問了我們在英國的教會領袖朋友，如果他們可以再做一遍，他們會有怎樣不同的做法。其中一個不帶防衛地誠實回答：「我會和幾個朋友一起去酒吧喝一杯，談談耶穌以及祂在做什麼！」然後他感傷地補充說：「但是我不能那樣做；我有太多的『教會』責任。」

我們也反思了復興的本質。為什麼有一些復興——例如威爾斯的復興（Welsh Revival）——似乎很快就結束了，而另一些復興——像約翰・衛斯理（John Wesley）之下的循道運動（Methodism）——似乎持續了許多年？那麼在中國教會的增長是如何呢？它可以說是神在這世上有史以來最大的行動。有沒有可能當新酒裝進新皮袋時，復興會持續幾十年？

當我們思考這個問題並查考聖經時我們的教會神學就開始發生變化。我們意識到，我們需要通過「在小組環境中」的視角來看新約聖經，才能抓準聖經的意思。在五百人的聚會中，我們怎麼能承擔彼此的重擔？（參考加拉太書六章2節）怎麼能彼此教導，互相勸戒呢？（參考歌羅西書三章16節）我們根本不認識坐在我們旁邊的人是誰，彼此相愛及互相推讓，它們真實的意思是什麼呢？（參考羅馬書十二章10節）

9

新約時期的教會，是一個充滿活力的耶穌追隨者的社群，是個24-7的天國生活方式，並非只是星期天早上去的某個地方而已。教會是很簡單的，它發生在吃飯的時候，並且以人際關係為基礎。認定彼此「互相為肢體」（參考以弗所書四章25節），他們是家人。

我們想知道，這種與聖靈同在的生命脈動，是怎麼淪為現在大多數教堂裡的觀賞性活動。在一些聚會中，人們幾乎不知道彼此的名字，更不用說彼此生活中真正發生的事情了。我們需要改變什麼以重新獲得那些早期信徒所享有的重要團契生活？

我們研究了使徒行傳第二章，看到初代教會時期所有的信徒都一起聚會，分享他們所擁有的一切。他們每天一起在聖殿裡敬拜，為了主的晚餐在家中相聚，並帶著極大的喜樂和慷慨分享他們的食物──一直讚美神，且享受周邊人事的美善心意相待。

但是在司提反殉道之後，迫害迫使這些新信徒分散開來，進一步地把福音傳出去。在此之後，除了有一處提到保羅在推喇奴學房作教導，每次提到教會都是指一群人在家中聚會。當我們研究教會歷史時，我們會發現這種模式持續了近三百年，直到公元321年，君士坦丁大帝將基督教定為羅馬帝國的官方宗教。

我們發現希臘文寫成的新約聖經中，「教會」是用「ekklesia」這個字。這並不是一個宗教性的單字，事實上，它是用來形容暴動的暴民或公民集會的單字，就像使徒行傳第十九章所說的那樣。雖然字面上的意思是「那些被召喚出來或被召喚前來的人」，但最好的新約學者同意，它也意味著人們的聚會或集會。正如法蘭克‧威歐拉（香港譯：偉法克）在《在天若地的教會》（主的日子出版社）一書中所描述的那樣──

　　這個詞意味著當地社區的人們定期聚集在一起。這個單字是用來指希臘式議會，在那裡，社區裡的每個人從他們的家中「被召集」到鎮上（聚集）開會，為他們的城市作出決定。因此，這個詞也包含了每個成員參與決策的味道……。聖經裡，這是指將在基督裡擁有共同生命的人聚集在一起的社群。因此，ekklesia是可看見的、可觸摸的、可定位的，並且是有形的。你可以去看看它。你可以去觀察它。你可以住在它裡面。[1]

11

　　與他對天國的強調不同，耶穌只在福音書中兩處提到了教會。第一處是馬太福音第十六章，在彼得信心的偉大宣告「祢是基督，是永生神的兒子」之後，耶穌的回應是：「你是彼得，我要把我的教會建造在這磐石上（這個啟示上）；陰間的權柄（權柄：原文是門）不能勝過祂。」（馬太福音十六章16～18節）

　　然後在馬太福音第十八章，耶穌討論了如何在信徒的生命中處理罪的問題，他說，當你帶著一個證人去找犯罪的人，如果他不聽勸，就把他帶到教會裡。 他繼續說：

　　　　我實在告訴你們，凡你們在地上所捆綁的，在天上也要捆綁；凡你們在地上所釋放的，在天上也要釋放。我又告訴你們，若是你們中間有兩個人在地上同心合意地求什麼事，我在天上的父必為他們成全。因為無論在哪裡，有兩三個人奉我的名聚會，那裡就有我在他們中間。　　　　（馬太福音十八章18～20節）

這最後一句話能不能成為「教會」最簡單的定義呢？我們在哪裡聚

會，重要嗎？——是在家裡還是在辦公樓裡面，在當地的星巴克抑或甚至在教堂裡見面，有什麼差別嗎？只要有兩、三個人聚集，這不就構成了教會的基本要件嗎？

巴拿集團在2007年底主導的一項全國性調查顯示，大多數美國人對於教會的真正意義是什麼，有著出奇開放的態度。當他們被要求，在所有選項中勾選那些他們認為能代表「合乎聖經地體驗和表達他們對神的信仰的活動」。相當多的人接受了一些選項，認為是在合法（合乎聖經真理原則的）的教會活動，其中包括在家中與家人進行信仰活動（89%的人認為完全合於聖經）；參加家教會或簡單教會（75%）；參加一個特別的事工活動，如音樂會或社區服務活動（68%）；以及參與在職場聚會的事工（54%）。事實上，數以千萬計的美國人很自在地認為，你可以參加神的教會，但不一定就是要去參加那些蓋來進行宗教活動的建築內所舉辦的禮拜儀式。[2]

當門徒聚集在一起時，耶穌就在他們當中，但是這與耶穌住在個別信徒中是不一樣的。當我們和別人在一起工作時，還有另外一種屬靈動力——耶穌說，祂在我們中間。

新約作者用「ekklesia」這個詞來指出神的百姓以各種方式聚集在祂面前。第一個描述，指的是在某個人家中聚會的教會（參考羅馬書十六章5節；歌羅西書四章15節）。第二個描述是指在特定城市的教會，如耶路撒冷教會（參考使徒行傳十五章4節）或哥林多教會（參考哥林多前書一章2節）。最後，這個詞經常被用來形容為「普世教會」，指古往今來的所有信徒（參考以弗所書一章22～23節）。

當我們想到今天如何使用「教會」這個單字時，我們意識到其意義已經改變了。而其最常用的專業術語上的意義是用來形容一個建築物或一群

會眾，如第一浸信會或新生命團契。但這些並不是聖經的用法。事實上，當這個詞被用來描述像衛理公會或天主教會這樣的宗派時，人們可以合理地說這實際上是反聖經的，因為它有導致基督身體分裂的作用（參考哥林多前書一章12～13節）。

小而倍增的信徒團體被稱為家教會、簡單教堂、有機教堂或使命團契，這些術語可以互換使用，但都是指簡單、充滿活力的信徒團體，他們在家裡、辦公室、校園裡，或在只要是神帶領他們去的任何地方。為了討論的緣故，本書以「簡單教會」作為主要用詞。

所有這些研究都在改變我們的教會神學。但是現在我們面臨著一個更大的問題：我們該怎麼做？

13

1. Frank Viola, *From Eternity to Here* (Colorado Springs: David C. Cook, 2009), 230-231.

2. 這是一次在2007年12月間全國性的電話調查，隨機抽樣1,005名居住在美國四十八州中的成年人。

第 2 章
神突破現況

最後，在1996年的春天，在神的曠野訓練學校裡待了九年，我們
終於走投無路。我們向神下了最後通牒——這不是我們建議的
一種行動方案，但到這個時候我們已經絕望，只好這麼做。「主啊，如果
今年耶誕節之前祢沒有改變什麼，我們就回英國去，無論我們是否聽到祢
的聲音！」至少在那裡，我們有辦法活下去。

事情很快就開始有了變化。神又開始對我們說話了。祂說的第一件事
是，「你們將再次成為我的聖靈運動的一部分。」我們非常想相信這一
點。神即將要去拜訪祂的百姓嗎？我們會再次經歷祂的同在和能力嗎？

多年來，我們一直向神呼求，要求祂給我們一個可以提供合理收入的
商業點子。在我們下最後通牒的幾個月後，祂以一種極不尋常的方式回應
了這個禱告。湯尼在一場籃球賽受傷後需要動手術，他對我們收到的醫療
帳單感到非常地震驚，所以決定調查整個醫療費用定價的根據和原則。幾

乎在一夜之間，我們掌握到了一個可行的概念，就是創立卡瑞斯集團[1]，它目前支持我們的生計。自那以後，它已經發展到可以提供我們能旅行並參與任何主想要我們參與的國度冒險中。

早期，在努力維持收支平衡的同時，我們也參加過一家行銷公司，在那¬裡我們結識了大批尚未信主的人。我們邀請了一些領袖到我們家吃披薩，討論商業原則。

我們告訴他們：「我們討論是根據一本有史以來最聰明的人所寫的書上。」

因此，約有十二個人每週聚在一起吃披薩，然後討論箴言。我們聚會時，互相交流分享，人跟人有著自在流動的關係。沒有人教授你什麼，也沒有對或錯的答案。我們就是一起討論聖經。很輕鬆的時間，充滿歡笑和彼此善意的逗弄。甚至有一晚發生了很特別的事，有兩個從毒品圈來的傢伙非常嚴肅地討論著這樣的想法——也許他們的一些毒品交易變差了，是因為他們沒有遵循箴言中的原則！

在接下來的一年中，這個小組的每個成員（他或她），都把生命交給了一個無條件愛他們，並接納他們本相的神。

那時，我們還在一間傳統教會聚會，那裡距離我們家大約半小時車程。然而，當那個教會搬到離需要另外二十分鐘車程的更遠的地方時，我們就去找主任牧師，想問問他有沒有什麼建議。他提議我們設立一間教會。

我們總是有點抗拒這個想法，但他用一個說法說服了我們：「據統計，在美國的環境下，最好的傳福音方式就是開拓一間新教會。」[2]

在那個階段，我們的兩個孩子還在家裡，我們知道我們需要為他們做點什麼。我們決定開始我們所命名的「早餐聖經俱樂部」。我們建議我們

的孩子邀請附近的所有朋友來吃早餐，以及做一些屬靈活動。我們選擇一個星期天的早晨來做這件事，因為用想的就知道基督徒的孩子會在教堂裡，而我們想要接觸非基督徒，於是我們準備了一頓豐盛的早餐——培根、煎餅和早餐玉米餅——然後孩子們就開始來了。他們是來吃早餐的，但是他們卻留下來參加以聖經為基礎的互動活動。他們也開始把自己的生命獻給耶穌。當孩子們的生命發生變化，他們有些家人想知道為什麼，就問說他們是否也可以加入。

最後當我們把這兩個小組——商人小組和早餐聖經俱樂部——合併到我們那個不太大的家中時，超過五十個人把人從客廳擠到廚房、走道和樓梯上，既壯觀又混亂！

我們該做些什麼呢？顯而易見的選擇是租個建築物，然後開始一個傳統形式的教會。但我們已經有九年的時間在曠野裡思索教會的意義，我們對教會的看法已經改變了。我們也聽過像中國那種地方的故事，在那裡神令人敬畏的大能顯然正在動工——祂在倍增家中聚會的小教會。

當我們深思這個問題時，我們考慮了一些因素，這些因素似乎表明我們也應該要倍增小教會，而不是追求使教會的規模變大。

1. 耶穌在家裡服事，大部分的福音故事都發生在家裡。耶穌在人們的家裡吃飯，在人們的家裡治病，在人們的家裡教導（參考馬太福音八章14～15節，九章10、23～25、28節）。
新約時期的基督徒主要在小群體或家庭環境中聚會。使徒到城裡去的時候，往往在會堂裡講道。但通常他們沒多久就被趕出去，被迫轉移到關係更親密的家庭聚會中（參考使徒行傳十八章4～7節）。新約聖經中也有很多處的文獻，提到在某人家裡

的教會（參考羅馬書十六章5節）。

3. 在太大的群體中，很難遵守新約聖經的命令。查考新約聖經裡的五十多個「彼此（one another）」，會是一個很有啟發性的研究。在大群體中，彼此建立德行的事（參考羅馬書十四章19節），彼此服事（參考加拉太書五章13節）。彼此認罪（參考雅各書五章16節）是很困難的。靈命的轉化往往是關係密切連結、互動的結果。

4. 耶穌將祂的教會託付給普通平凡未受過訓練的人（參考使徒行傳四章13節）。那些沒有正規宗教訓練的人，可以很容易地在家裡建立一個教會。

5. 在一個小環境中，大部分的服事效果都比較好。例如，哥林多前書十四章26節說，當我們聚在一起的時候，每個人都應該有所奉獻，無論是一首詩歌還是一個教導。在一小群人中這樣做，比在一個大型聚會上要容易得多。

6. 簡單教會可以更快增長。我們希望看到教會的快速增長，但建堂計畫和教牧訓練可能非常耗時。簡單教會可以用微不足道的成本和非常快的速度來倍增。我們在印度看到了這一點，即使在這個非常貧窮的國家，在過去的十年裡也建立了數十萬間的教會。

7. 簡單教會可以讓耶穌身體上的所有肢體都能充分發揮作用（參考羅馬書十二章）。這種情況最適合發生在一個較小而關係親密的環境中，這樣人們就不會因為聚會的規模太大而被嚇到不敢作聲。

　　我們意識到，體現這些價值觀的教會可以在各種場所聚會——醫院、退休中心、工廠、戶外。（這也是我們現在更傾向於使用「簡單教會」或是「有機教會」，而不是「家教會」的部分原因。）我們也體認到，在家裡聚會並不一定會防止我們像在尖頂教堂中那樣傳統地聚會。

　　但對我們來說，很明顯地，神是在這個世代用一種不同的方式來恢復基督的身體。儘管在許多傳統的教會裡都能看到祂祝福的手，但聖靈似乎正將人們推往更小、更有機的方向去。

　　所以我們決定和神開始一趟探索的冒險之旅。我們打算倍增小教會。

19

　　在這一點上，我們犯了我們在簡單教會旅程中所犯的許多錯誤中的第一個。（我們從錯誤的經驗中，可以告訴大家很多在倍增子教會時不該做的事！）我們把教會一分為二。一年多來，大家抱怨說他們覺得自己好像經歷了一次離婚。現在我們知道，處理這種情況的一個更好的方法是在一個新來者的身邊，建立一個子教會。

　　但是，儘管我們犯了錯誤，我們卻還是慢慢地將新教會加入到我們現在所看到的「網絡」中。我們的個人偏好是在未信者的群體中工作，儘管有其他基督徒加入我們。我們開始意識到，在這個國家中各處都有人有著類似的想法。

　　我們同時也有機會旅行，並第一線地親身體驗現在稱之為的「教會繁殖運動」——迅速倍增教會，帶出轉化國家的能力。我們訪問的第一個地方是莫三比克（Mozambique）。湯尼曾和羅倫・貝克（Rolland Baker）一起上學，羅倫和他的妻子海蒂（Heidi Baker）正在服事這個國家中最窮的窮人。隨著毀滅性的洪水消息傳來後，湯尼飛過去，看看他能幫什麼忙。聯合國用直升機將他的團隊送到凡在高地上有人群聚集的地方，提供醫療照顧和食物的同時，該團隊也傳福音。一段簡單的分享，時常會導致整個

社區歸向基督。幾個月後，我們像是家人般地返回那裡，發現工作正在加速。這事工一直持續下去，現在彩虹事工（Iris Ministries）已經在幫忙照顧在那裡和周邊國家的一萬多間教會，由已經接受他們裝備的牧師帶領。

我們也見證了另一個在印度的教會植堂運動。神似乎在那裡做了更令人驚奇的事情。1992年，維克多‧喬德里（Victor Choudhrie）——著名的癌症外科醫生，以及一所著名的醫學院院長——聽到了神要他離開醫界並建立教會的呼召。由於沒有神學背景，也沒有建立教會的經驗，維克多被迫研究他所知道關於這個問題的唯一一本教科書——聖經，特別是福音書和使徒行傳。十年後的今天，因著維克多和他的妻子賓杜（Bindu）的順從，已經有一萬多間教會被建立，人數達十萬人。

2009年，維克多決定在五旬節（教會的生日）那天給神一個十萬人洗禮的「生日禮物」。當數到最後數目出來時，他們總計那一天共有二十五萬人以上受洗。在印度，還有很多像維克多‧喬德里這樣的人。這是使徒性的工作，已升天的基督在建造祂的教會。

我們第一次去印度時，遇到了渥夫根‧辛森（Wolfgang Simson）。渥夫根是一位受膏且直言不諱的德國教會成長專家，他對世界各地的簡單教會進行了研究。他的書《改變世界的家》（Houses That Change the World，以琳書房）可以說是在這個主題上最具影響力的現代著作。

我們邀請渥夫根到德克薩斯州訪問我們，並發送了幾封讓朋友知道他會在我們家裡演講的電子郵件。沒多久，我們就不需懷疑，將有比我們所預期的更多人出現！我們從我們認識的人那裡借來椅子，並安排了餐飲承包商。幸運的是，到了這個時候，我們已經搬進了一個更大的房子，來因應我們不斷擴大的業務。房子有一個寬敞的開放空間，大小剛好，因為即將有超過一百六十人會出席。（有關房子還有一件我們還沒想到的事，就

是化糞池系統——但那是另一個故事了！）

渥夫根用他的故事，講述神在世界各地的簡單教會中所做的事，並以他對經文的解釋作為我們所經歷之事的立論基礎，來激勵和挑戰大家。但也許和他的分享一樣重要的是：我們在那天所建立的關係不是任何形式的組織，而是透過這些關係以及後來形成的其他關係，形成了在這個國家的許多簡單教會運動的基礎。

2000年秋天，德克薩斯州中部其他簡單教會網絡的領導人吉姆‧梅隆（Jim Mellon）和大衛‧安德伍德（David Underwood）和我們接洽。「我們想出一本雜誌來述說神在新教會中做些什麼。」他們說：「你們願意加入我們嗎？」

21

我們認為這是個好點子！我們已經看到神在聖靈行動中經常使用雜誌。[3]於是《家到家》（House2House）誕生了。最初是一本印刷的雜誌，現在主要是一個網站。與House2House事工合作，分享全世界各地的故事，是個巨大而謙卑的榮幸。

我們意識到，神已經給了我們這樣的機會，見證祂在我們眼前展開的行動。我們知道我們正在觀看製作中的歷史。談到歷史，我們可以從神以前的行動中學到很多東西。

註

1. 卡瑞斯集團（Karis Group）總部位於美國德克薩斯州的奧斯汀市，主要致力於幫助那些沒有醫療保險，或醫療保險人在帳單超過他們現有的資源或福利的情況下，協助其處理醫療帳單。查詢網址：www.thekarisgroup.com。
2. 本處的引用，出自彼得‧魏格納（Peter Wagner）所提出的論點。
3. 相關例子包括：十九世紀醫治運動中的《醫治的葉子》（Leaves of Healing）、英國家教會運動中的《豐盛》（fullness）和《恢復》（Restoration）雜誌，以及美國靈恩運動中的《新酒》（New Wine）。

第 **3** 章

歷史教訓

　　想像這個場景，時間是1536年。在比利時布魯塞爾附近，一個叫維爾福德（Vilvoorde）的小鎮，矗立著一座堅固的城堡。寒冷的十月，黎明時分。一大群人聚集在城堡的圍牆外，一個異端即將被處決。

　　城堡的大門打開，一個小小的隊伍穿過橋，塞納河在橋下徐徐地流動。這個虛弱的囚犯，在監獄裡待了十八個月，臉色蒼白，在兩個魁梧的士兵之間蹣跚行走。他們在人群前停下來。對死刑犯的指控，被朗讀出來：「你犯了禁止教導『唯獨因信稱義』的皇旨，被判有罪。」

　　劊子手把犯人綁在木樁上，麻繩絪索套在他的脖子上，灌木叢高高堆在他周圍。囚犯沒有掙扎，但他突然大聲喊道：「主啊，打開英格蘭國王的眼睛吧！」劊子手猛然拉緊套索結束了犯人的性命，然後點燃吞噬他身體的火焰。

　　威廉・丁道爾（William Tyndale, 1494-1536），英國宗教改革之父、英格蘭的使徒，因宣講唯獨因信得救贖而死。[1]

　　人群安靜。他們剛剛見證了一個殉道者的勝利。

　　在他去世之前，威廉・丁道爾是個學者、語言學家和牧師，有一種燃燒生命的激情：他將聖經翻譯成英文，讓普通人都能閱讀。在當時的英國，僅有可用的聖經是用拉丁文或希臘文寫的，因此大多數人難以使用。丁道爾發誓將使用日常的英語，即農民的語言來進行他的翻譯。

　　「如果上帝存留我的性命，那麼多年後，我會使一個扶犁的男孩比教皇更加明白聖經。」丁道爾的餘生都致力於實現這個誓言。

　　當丁道爾要求翻譯新約聖經的請求被英格蘭教會的權力階層拒絕時，他逃到了德國。學者們相信，丁道爾在德國期間曾見過馬丁・路德——一位修士和大學神學教師——他從聖經的查考中相信，救恩只能靠恩典而不是靠努力贏得的。

　　在德國，丁道爾完成了將新約從希臘文翻成英文的工作。1526年，數千份新約聖經的印刷本，藏在羊毛包裡，或麵粉袋裡，被萊茵河上的船穿過英吉利海峽偷運到英格蘭。其中許多被發現，被教會當局沒收，被公開焚燒。任何人只要在他（她）的財產中有一本發現到一本聖經，就有被處決的危險。

　　為什麼會反對讓市井小民得到聖經的翻譯本呢？教會權威人士聲稱，如果沒有受過訓練，一般人們就無法正確解讀聖經。一般人都背負太多的俗務，無法正確理解經文，因此不該擁有聖經。因為它是拉丁文寫成的，只有神職人員能讀它並向人們解釋。聖經被視為教會的財產，一本只在公眾聚會時誦讀的書，並且僅能由神父們解釋。

　　在新約聖經印刷之後，英國教會當局譴責丁道爾是異端分子，並要求

逮捕他。在接下來的幾年裡，他一直生活在逃亡和貧困中——但同時也在進行翻譯舊約的工作。最後於1535年，一個裝得像朋友的人背叛了丁道爾，他因而被捕入獄。他被指控為異端散布者，他的聖職資格被公然剝奪。即使這樣，因著他表現出來的生命素質，以致看管他的獄卒及其家人們生命都被改變。

威廉・丁道爾最後的禱告得成就了。1537年8月，在丁道爾去世不到一年後，國王亨利八世批准了當時通稱為「馬太聖經」譯本印刷問世。書裡面沒有威廉・丁道爾的名字（為了不讓政府尷尬），但這版本中大約百分之九十的篇幅是他翻譯的。即使至今，它們大部分都還存在於1611年出版的欽定本聖經譯本中。

印刷機的發明使聖經的英文版得以廣泛且迅速地傳播。英格蘭人一直在等待，結果就像防洪閘門被打開一樣。

> 我們看到很棒的事情發生！有辦法買這本書的人都會閱讀它，或者讓別人讀給他聽。老年人學習字母，為了研讀上帝的聖經。許多地方都有讀經聚會；窮人把他們的積蓄湊在一起，買了一本聖經，然後在教堂的某個偏僻角落，卑微地圍一圓圈，讀著在他們當中的聖書。一群男人、女人和年輕人厭惡祭壇空洞的排場和對無聲圖像的崇拜，寧願自己聚集在一起，品嘗福音的寶貴應許。上帝自己在那些古老會堂或老舊的大座堂的拱形屋頂下說話，以前的世代，在那裡只有彌撒和啟應禱文的聲音出現。人們想要聽的不是祭司們嘈雜的吟誦，而是耶穌基督、保羅、約翰、彼得、雅各的聲音。使徒們的基督教再次出現在教堂裡。[2]

宗教改革的歷史，並不僅止於聖經真理被提供給教堂長木椅上的人這麼簡單。十六世紀歷史中的宗教改革是多種因素交織互動下產生的結果，因而對歐洲的宗教景觀產生了翻天覆地的改變。一部分是對當時天主教會腐敗行為的反彈，一部分則出於強烈的政治動機。

然而，不論那些關鍵玩家的卑鄙動機是什麼，追根究柢，宗教改革是由一種認識到「唯獨因信得救」的真理屬靈覺醒而開始的──得救並非靠捐錢給教會來買到的，或靠做了什麼善工來贏得。

印刷機的發明幫助把這些思想傳播到各個國家去。正如克雷・薛基（Clay Shirky）在他的著作《鄉民都來了：無組織的組織力量》（Here Comes Everybody: The Power of Organizing Without Organizations）一書中，談論到網際網路對社會和經濟的影響：

> 在基督新教改革的過程中，歐洲知識界的重塑有兩點是真實的；首先，它不是由活字印刷術的發明引起的，其次，只有在發明了活字印刷術之後才有可能發生，因這有助於把馬丁・路德對天主教會的不滿意見迅速傳播……以及用當地語言印刷的聖經能送到每個想要的人手中。因為技術的突破常要幾十年之久才會影響到社會，真正的革命通常不是有秩序地從A點過渡到B點。相反地，他們從A點經過一段長時間的混亂，然後才到達B點。在這混亂期間，舊的系統在新系統變得穩定之前很久就被打破了。[3]

向前快轉幾個世紀。五百年後，這一歷史教訓與我們有什麼關係？簡單地說：宗教改革是平民百姓透過當時的新技術──印刷術而能夠用自己的語言讀到聖經，因而造成神學上草根性的變革。

在歷史的不同時期，有震撼性的改變發生。這些變化不是循序漸進的或有計畫性的。相反地，它們代表了思想和技術的交相融合，以至於產生一個見解上的戲劇性轉變，一種真正全新地看事情的方式顯現出來。大多數人所看到社會的變革實際上是掌管歷史的上帝在推動祂的國。

宗教改革在今日的西方教會產生的潛在影響的重點和以前不同。這一次，是「教會」──而非「聖經」──被放回平信徒的手中。

反對意見也很相似：未經訓練和沒被按立的平信徒怎麼能帶領教會？那應該保留給專業的神職人員。那些有工作的人沒有時間去準備講道，更別說接受釋經學的訓練了。他們如何能防備異端？他們在什麼基礎上有權自稱為「教會」？他們向任何更高的教會當局負責嗎？平信徒能主持聖禮嗎？

正如在丁道爾時代聖經成為普通信徒心靈的語言，使他們大大得力。今天簡單教會也允許一般普通的男女「成為教會」，而非只是「上教堂」而已。

這些顛覆性的變化──在短時間內技術上和對真理理解的顯著躍升交織在一起──過去幾十年才會產生的社會變化，現在可以非常迅速地發生。網際網路、社交網站[4]、全球簡單教會概念的出現，在現今這樣的時候必然能以極快的速度增長。

思想可以是極其深刻有力的。與上帝真理有關的想法，能帶出遠遠超越教會藩籬的動力。如在使徒行傳中──或在宗教改革時代──上帝的百姓有能力轉化社會（參考使徒行傳十七章6節）。

一場宗教改革──一個與丁道爾時代的改革一樣大的海嘯──正在發生。[5]

27

註

1. 這一章的歷史資料，可參考來自威廉・丁道爾的朋友「英國聖經製作背後的奇妙故事」（The Amazing Story behind the Making of the English Bible），http://www.williamtyndale.com; Wikipedia, s.v. "William Tyndale," http://en.wikipedia.org/wiki/William_Tyndale。

2. J. H. Merle d'Aubigne, *History of the Reformation in Europe in the Time of Calvin, vol. 5, England, Geneva, Ferrara* (New York: Robert Carter & Brothers, 1880), 228-229.

3. Clay Shirky, *Here Comes Everybody: The Power of Organizing without Organizations* (New York: The Penguin Press, 2008), 67–68.
（中文版：《鄉民都來了：無組織的組織力量》，克雷・薛基著，李宇美譯，貓頭鷹出版社。）

4. 一個很棒的簡單教會社交網站，網址：http://www.simplechurch.com。

5. 可參考DVD作品《Tidal Wave》，於http://www.house2house.com.有售。

第 4 章

回顧歷史，
帶來最新模式

教會和社會的改革並不是新事。就某種意義來說，它和新約時代的早期教會一樣古老。

五旬節後的前兩、三個世紀，教會主要是在家中聚會的，由平信徒負責這些聚會。信徒們分享飯食，為彼此禱告，一起過簡樸的生活。然而到了一世紀末期，精英領導的階層開始出現。公元321年，君士坦丁大帝把基督教定為羅馬帝國的官方宗教，產生了一個巨大的轉變。似乎於一夜之間，基督教徒從受迫害的少數人，成為受歡迎的多數人。而接下來的幾十年裡，教堂的建築被蓋起來，掌有特權身分的神職階級被形成，還有教堂聚會也成為基督教文化的中心。

過去的十七個世紀裡，教堂一直是基督徒必須去參與活動的地方，大多數基督徒在特定的時間，去特定的地點，觀看特定的人表演。他們每週有一、兩次，唱幾首歌，聽一段獨白，把錢放在奉獻盤裡，然後回家。

但縱觀歷史，也不時有人選擇在傳統教堂四面牆壁的外面見面。[1] 神發起的許多運動主要是由家裡開始的。最近的一個例子是1960年代後期和1970年代的耶穌運動（Jesus Movement），該運動主要由剛信主的人組成，他們得救然後在體制以外的家庭或意識社群中（intentional communities）聚會。儘管此一特殊的運動逐漸消失，但終究有許多從家裡開始的運動成為我們今天的宗派；他們並沒有一個倍增小型聚會的神學。他們也還沒有意識到微型教會的巨大力量。

在現代歷史上最引人注目的運動之一，是中國的家教會運動。

1940年代末，當毛澤東在中國掌權時，共產主義政府決心要清除這個他認為是用來促進西方帝國主義的宗教。傳教士被逐出了，並且許多基督徒遭到殺害或監禁。但是，毛澤東的努力並沒有完全消滅基督教，反而把教會驅趕到地下。儘管受到迫害、監禁、酷刑甚至處死的致命威脅，普通的信徒——主要是婦女和青少年——離開他們的家園，不顧他們的生命地傳福音。信徒們秘密集會的小聚會迅速增加。

今天，在中國，儘管不是透過大型建築物和大有能力的講員，教會正在爆炸性地增長。據估計，從上個世紀中葉的一百萬信徒已增長到今天超過一億的信徒。[2]

目前，簡單教會運動在世界各國迅速發展，而西方國家並沒有被排除在外。我們不再只是枯坐在一旁，若有所思地看著神在世界其他地方的工作。

在1970年代，美國的一些基督徒開始刻意在他們的家中聚會，主要是他們在傳統堂會裡看到的問題而有的反應。十多年後，又一波家教會浪潮開始了。這些早期的先驅們確信這是符合聖經的聚會方式。宗教世界認為這兩個群體一點都不重要。但是，沒有人能想到在接下來的幾年，西方教

會內會發生什麼樣的轉化。

1990年代中、後期，第三波的簡單教會開始了，這群人有個更加務實的觀點：「神正在世界遍地做了不起的事情！」他們說：「會不會祂也想在美國這裡做類似的事？讓我們跟隨聖靈的帶領，看看會發生什麼事！」後來，事實證明，神也在這裡做一些事情。

渥夫根・辛森（Wolfgang Simson）在分析他的研究結果時，就已深信了一點──教會發展最快的地方，並不在教堂變得越來和越絢麗的地方；相反地，快速的增長似乎正發生在由平信徒所領導的小教會中。1998年，辛森在網際網路上張貼十五篇關於「教會改革」的論文，談到在教會驚人增長的背後之原則──網路在今日是個有潛力改變世界的科技。[3]

自它開始以來，這股教會發展的浪潮不斷彙集動力，現在，簡單教會的理念已被許多宗教機構普遍接受為「做教會」的一種可行的方式──一些宗派已經開始了另一個部門，推動「簡單教會」發展，主流出版商正接納出版有關這個運動的書籍，非宗教組織也認同它是一種真正的社會現象，像《洛杉磯時報》（Angeles Times）和《時代》（Time）雜誌等刊物甚至發表了一些文章來探討這一趨勢。[4]

幾年前，難以想像這運動會發展到今天的規模。巴拿集團（Barna Group）2008和2010年的研究估計，每週約有六百萬成年人參加某種形式的簡單教會。據估計，每個月有一千至一千五百萬成年人上一間家教會。[5]只有神可以在祂的人民心中製造如此巨大的飢渴，以至於像基督徒這樣一個傳統上保守的群體，願意實驗這樣大規模的新形式的教會生活。由於涉及的人數極其眾多，我們選擇將這種現象稱為一個運動。

近年來，過去對這些微型教會的抗拒已經迅速地消退了。針對傳統新教堂會主任牧師的全國性調查顯示──他們對於這種有機形式的信仰表達

方式（雖然有點競爭性）已普遍地接受了。調查顯示，三分之二的傳統牧師（65%）表示，他們覺得家教會「是合乎聖經的基督教會」。此外，四分之三的傳統牧師（77%）表示，他們相信當人們在家教會聚會時，他們是「真正地敬拜神」。事實上，三分之二的牧師甚至承認「家教會對某些人而言，可能是比傳統地方堂會更好的靈命安身處，比傳統的地方教會適合某些人」。當傳統教會的牧師對有機教會參與者的靈命程度持保留意見時，他們也有著令人耳目一新的開放態度，那就是神可以在任何人的想望和意圖覺得合適的環境中工作。6

留下傳承

　　人們離開傳統教會（traditional churches）──或者像我朋友肯特・史密斯（Kent Smith）稱之為「傳承教會」（legacy churches），因為他們傳承給我們很多很有價值的事務。每年都有數以千計的西方教堂關門，7永遠不會重開。每個月有許多牧師離開全職事奉。8

　　乍看之下，似乎像是一場悲劇，確實，對許多以全職事奉為生的人來說，這是一個充滿壓力和艱難的時期。但有可能更重要的事情正在發生嗎？在這轉變的背後是聖靈的工作嗎？是神在行動嗎？有沒有可能這種對現狀深刻的不滿足，實際是由聖靈激發的，讓人體認到基督徒的天路歷程絕不僅僅是一種單調的宗教責任？會不會我們實際上是在一趟史詩般的旅程上，與那位不會被我們可預測的盒子所限制的神的榮耀之旅中？9

　　有沒有可能神正把我們移到教堂建築（以及我們的住家）的牆外去？到痛苦和需要的人們所在之地方？以致我們可以成為耶穌大愛的管道，進入正在受傷和有迫切需要的世界中。

　　那些離開教會的人，在信仰上不一定是不成熟的。事實上，許多人長

期與主同行，甚至曾在教會中擔任領袖。[10]

　　雖然有些人離開而無所事事，但許多人卻尋求以他們在教堂四堵牆裡發現的不可能會有的方式，來服事神或在國度裡工作。

　　美南浸信會（Southern Baptist）領導人雷吉‧麥克尼爾（Reggie McNeal）在他的書《現在的未來》（The Present Future）中，提出這樣一個問題：「越來越多的人為了一個新的原因離開體制內的教會，他們不是因為失去了信仰而離開。他們離開教會為的是能持守住他們的信仰。」[11]

　　許多離開傳統架構的人發現自己帶著渴望的心，注視著新約時期家教會的簡樸，並問：「我也能那樣做嗎？」對很多人來說，答案無疑是肯定的！而結果是「盒子以外的教會」，就是一群愛耶穌的朋友聚在一起的小型聚會，並延伸到他們周圍的社群。

　　「家到家」（House2House）[12]對這個新運動說話。這個網路媒體每天接收來自全國各地的人的電話和電子郵件，其中最常出現的說法是「神帶領我們在家裡（或辦公室，或當地的咖啡店）聚會，我們以為我們是唯一有這個瘋狂想法的人，直到我們尋找到你的網站。現在我們意識到我們並不孤單！」無論我們走到哪裡，我們遇到聽到神對他耳語、同樣給他這個點子的人。

　　在我們眼前發生的現象是教會的「再次誕生」──神正在把一個「以事件為根基」的體制，重新形塑，變成了以生命和關係為根基的群體。有趣的是，祂不是只是改造老舊的──在舊皮袋上打補丁──祂也生出新的、是我們過去未曾見過的一顆全新的心和不同的DNA。

　　不再與特定的建築物綁在一起，簡單教會正蔓延進到家庭、企業、大學校園和咖啡館──任何生命的活動地方。它是由一群普通的男、女領導的，他們敢於相信一個無條件愛他們，樂意在祂國度中與他們合夥同工的

33

神。[13]重點不再聚焦在聖職人員和節目程序上，而是讓每個成員都能參與服事。他們不再把寶貴的資源用於維持內部的職員和建築物，而是用來資助的宣教和慈惠事工，這世界正在尋找真正關心它的教會。

或許這種轉變最顯著的特徵之一，是理解到每個普通信徒都可以聽見神的聲音和回應祂的引導。我們不再依靠那些有特殊訓練或能力的人，來代替眾人聆聽神的旨意。我們都要傾聽和順服神，並且我們知道主要親自建造祂的教會，並擴展祂的國度。聖靈是真理的聖靈，祂將帶領我們進入一切的真理（參考約翰福音十六章13節）。

請不要以為這是針對個別的傳承教會的批判。我個人非常感激在成長時期中，傳承教會對我們的幫助，而且，我們很高興我們的四個成年子女中，有一個仍然全心地在一個美好的傳承教會裡尋求神。我們相信，神將來也要繼續以顯著的方式使用傳承教會。

但似乎神也在做一些新事。沒有一個地點，沒有一個城市或城鎮，人們可以去找到這個運動的中心。沒有我們可以參加的超級巨星的特會。但在全國各地，聖靈正在向祂的百姓說話。每個人似乎都聽見同樣的事情：我們所知的教會已經改變了。許多人相信神現今這個行動，在範圍及影響力上，將等同於十六世紀的宗教改革。

今天，神似乎在說，我們可以用各種不同和不尋常的方式來成為「教會」。許多人在家裡或工作場所開始了教會。其他人則專門接觸從未成為傳承教會一部分的那些人，他們塑造門徒，並將他們聚集在充滿活力的社群中，在那裡，他們可以表達出他們在耶穌裡面新找到的信仰。

我們遵循簡單教會的原則下，找到了極大的自由——不再有教會「政治」，不再需要「表演」，不再被「我們一直以來都是這麼做的傳統」束縛。在簡單教會裡，我們不再為取悅人們而奮鬥，而是現在可以自由地順

著聖靈的鼓聲前進。從沒完沒了的聚會中解放出來，我們有時間參與我們的社區，並去接觸一個非常迫切需要神的世界。

許多反對簡單教會想法的人，正在使用當初反對威廉・丁道爾把聖經翻譯成人們通用語言的相同論點。但是神推翻了這些先入為主的觀念，當聖靈將教會重新放在祂的（普通）百姓的手中時，專業神職人員的壟斷已被擊碎了。

簡而言之，簡單教會允許今天的普通男女「成為教會」。這不是一場政治革命，而是一種蘊含轉化社會力量的屬靈眼光的改變。

35

註

1. 關於這一主題的一篇有趣的論文，請參閱 *The Pilgrim Church* by E. H. Broadbent (Port Colborne, ON: Gospel Folio Press, 2002)。

2. 柯蒂斯・瑟金特（Curtis Sergeant）在中國有豐富的教會植堂經驗，他說：「葉小文先生，中國國家宗教事務局局長（中國共產黨負責所有宗教事務的最高官員），在北京大學和中國社會科學院的兩次會議上，聲稱中國基督徒的數量，包括地下的和政府批准的天主教教會和新教教會，已經達到一億三千萬名會眾。現在有很多人引用這些數字。這些群體之間有一些是重疊的，是個合理的意外。我個人使用『億』的數字，試圖刪去一些重疊，並拿掉一定比例的天主教徒的人數，就是那些會流失的和會去天家的。」本段文字，摘自一封於2008年7月22日寄給費莉絲的電子郵件。

3. Wolfgang Simson, ed., "The World's Largest Churches," DAWN Fridayfax 2004 #36, Jesus Fellowship Church, http://jesus.org.uk/dawn/2004/dawn36.html.

4. David Haldane, "Seeking the Living Word—In Their Living Rooms—It's How the Church Began, Say Small Christian Groups That Forgo Clergy and Ritual," *Los Angeles Times,* July 23, 2007; Rita Healy, "Why Home Churches Are Filling Up," *Time,* February 27, 2006, http://www.time.com/time/magazine/article/0,9171,1167737,00.html.

5. 這一數據來自於2008年初進行的一項隨機調查，對象是居住在美國四十八個州的二千零九名成年人。為了評估家教會的出席率，巴拿集團的調查使用了以下問題：「有些人是一群信徒中的一部分，他們定期在家裡或教堂以外的地方聚會。這些群體不是典型的教會的一部分；他們獨立聚會，是自治的，他們認為自己是一個完整的教會。你是否參加過這樣的團體，有時被稱為「家教會」或「簡單教會」，而不是當地會眾型教會的一種？（如果是，請問：你多久一次親自參加那個小組的聚會？至少一週一次、每月二或三次、每月一次，或每月少於一次？）」

6. 巴拿集團於2007年11月通過電話進行了這項調查，在美國全國性範圍內隨機抽樣調查了四十八個州的六百一十五名新教教會的主任牧師或資深牧師。

7. Steve Sells, "Diagnostics," Transformational Ministries, http://www.transformationalministries.net/diagnostics.html.

8. John Dart, "Stressed Out: Why Pastors Leave," *Christian Century,* November 29, 2003, http://www.pulpitandpew.duke.edu/Stressed.htm.

9. 見John Eldredge, *Wild at Heart* (Nashville: Thomas Nelson, 2001) and *Waking the Dead* (Nashville: Thomas Nelson, 2003)。

10. Alan Jaimieson, "Ten Myths about Church Leavers," *Reality,* http://www .reality.org.nz/articles/32/32-jamieson.html.

11. Reggie McNeal, *The Present Future* (San Francisco: Jossey- Bass, 2003), 4.

12. 見http://www.house2house.com。

13. 相關現象的故事，可參考 *An Army of Ordinary People* by Felicity Dale.

第 5 章
超越宗教改革

自 1990年代初以來，我們有一些好朋友就參與了一個簡單教會網絡。在過去的幾年裡，這個群組裡的幾位男士每週一晚上都定期舉行禱告會。他們曾在他們其中一人的家中聚會，但幾個月前，他們感到神要他們搬動聚會的地點，好讓他們能「在收割禾場中」禱告。他們選擇了當地的星巴克作為他們的新地點，當店裡其他客人注意到他們在做的事情時，神馬上就開始做事了——兩個星期內，那家星巴克的常客之一就透過他們的聚會成為了基督徒！每次小組見面，他們都有機會結識新朋友。到今天，大約已有二十五名新信徒；是因為他們的禱告小組搬到了星巴克，現有兩個小組每週在那裡聚會。有時，旁觀者會要求禱告，這些基督徒會毫不猶豫地站起來為人按手，運用屬靈恩賜來服事。

瑞（Ray）是禱告小組的原始成員之一，他領導一個事工，向所有幫助城裡窮人的組織提供食物。當星巴克經理發現這件事時，他邀請瑞每天

晚上把他們的剩餘食物分發給窮人。所有這一切，都是因為禱告會搬出家庭、進入禾場發生的。

簡單地改變教會的結構或位置，不管它看起來有多麼革命性，它本身並不是目的。神要的遠不止如此。祂想要一群倚靠祂的人，會跟隨聖靈引導做任何事情。祂要我們超越教會的改革，去轉化社會。如果一副牌僅僅是被洗牌了──如果人們離開傳統的結構，僅僅只換到家中進行較不正式的聚會──那將對推進神的國無甚助益。

但是，如果神正在利用這個簡單教會運動來準備一支普通人的軍隊，這個軍隊將會帶著天國的好消息入侵他們的世界，而在他們社區中產生激進而有效的作用呢？

天國的福音

耶穌非常專注於祂父的國，講得比任何其他的主題都要多。福音書中，有超過一百處提到「天國」這個字。耶穌宣講天國（參考路加福音四章43節），並告訴人們要先尋求天國（參考馬太福音六章33節），祂也講了有關天國的比喻（參考馬太福音十三、二十五章），並且說天國臨近被治癒的人（參考路加福章十章9節）。

耶穌在復活和升天中間，花了四十天與門徒討論天國（參考使徒行傳一章3節）。對於耶穌思想中如此核心的一個主題，我們對它的關注如此之少，真是令人感到驚訝！

也許神的國最好的定義來自於「主禱文」：

> 願祢的國降臨；願祢的旨意行在地上，如同行在天上。

（馬太福音六章12節）

最簡單的定義是，天國就在神的旨意被實現的任何一個地方。這就是那位慈愛的神統治的領域。雖然耶穌通過醫治病人和釋放被擄的（參考路加福音四章18～19節）揭示了天國，但天國主要是屬靈的而非物質世界的（參考約翰福音十八章36節）。進入天國是免費的，但卻要付出一切的代價。管理天國的原則在登山寶訓中被描述出來，總結在兩大誡命中就是盡心、盡性、盡意愛主——你的神，並要愛人如己（參考馬太福音二十二章37～39節）。

神的國是一個顛覆現世的國度。它揭發了世界的價值觀，暴露出他們的本來面目：空洞和膚淺。然後，它確立了自己的標準：在上的要在下、死亡帶來生命、律法被恩典轉化、貧窮的得以富足、領袖要服事、謙卑的得到高升。

當「好消息」傳給目前處於黑暗國度中的人時，天國就會擴張。當人們對神的愛的給予做出回應，藉著將他們的生命降服於天國的國王，他們就可以進入天國。然而，從聖靈重生所傳達的不僅僅是一個天國的公民身分，還包括皇室兒子的名分（參考約翰福音一章12節）。

門徒們在與耶穌相處的三年中體驗了神的國，他們看著祂展示天國的原則，並聽從祂教導天國的事。五旬節之後，他們很自然地活出了他們所看到和聽到的——他們在彼此的家中吃飯、照顧人們的需要、彼此交接、為彼此禱告，並記住耶穌的訓誨（參考使徒行傳二章42～47節）。他們把這種生活方式稱為「教會」：一個在地的、看得見的地上國度的呈現；就像麵團裡的酵母，傳播到社會各角落去。

流體教會（liquid church）

直到近日，教會在西方社會中扮演著重要角色。最近有著作將傳統教

會稱為「固體」教會，因為它就像一個冰塊——在社區內的一座固體建築物，每週的特定時間在一個具體的地方聚會。

教會領袖設法吸引人們參加在教會建築中進行的活動，這依賴於一個事實，成為當地教會的一分子已是他們社會價值體系中最看重的事。但是人們不再相信，為了能被社會接納，上教堂做禮拜是必要的。[1]

艾倫・赫希（Alan Hirsch）在他的《被遺忘的方式》（The Forgotten Ways）一書中，寫道：

> 在澳大利亞，我們有個相當滑稽的狀況，就是95％的福音派教會為了爭取佔人口12％的信徒，而互相爭鬥。這引發一個重要的宣教課題，因為它引發了一個疑問：「絕大多數的人（在澳大利亞的案例中，有85％的人；在美國，約有65％的人）報告說，他們和那種形式的教會疏離了，該如何是好呢？」如果他們拒絕這種形式的教會，他們如何能獲得福音呢？因為從澳大利亞的研究可以清楚地看出……這85％的人，他們的反應從厭倦（「對他們有好處，但對我沒有好處」）到完全排斥（「我永遠不會去那裡」）。[2]

巴拿集團的長期研究預測，到了2025年地方堂會大約將失去目前「市場佔有率」的一半，而其他形式的信仰體驗和表達方式會將吸收過去，這加劇了我們在新情勢下面臨的宣教問題。考慮到這些統計數據，我們理解了為什麼美國的傳統教會結構只可能吸引全部人口中的35％。

但是，當傳統教會這冰塊融化時，會發生什麼呢？水不再以固態存在，它就開始自由流動。一些作家現在發現了一種非常不同類型的教會，

像水一樣，滲透到我們文化的每個裂縫和破口中。當我們停止邀請別人來教堂，而是順從神的引導那樣進入社會的每一個領域時，就出現了流體教會。[3]我們接觸鄰居或同事，而不是邀請他們來教會，我們去他們生活或工作的地方和他們在一起。這麼一來，那些可能從未經歷過教會生活的社會階層，就會受到神的國的影響。

一些喬治亞州的朋友所做的，是這方面的一個很好的例子。大衛・哈瓦斯（David Havice）是一個傳統教會的主任牧師，他蒙主帶領，將他的教會轉變為一個簡單教會網絡。這個過程進行了兩年，他有一個五或六個教會組成的網絡，但卻發現自己沒有什麼可做的了——他不再有工作職責表了！他渴望個人對個人地接觸人，他思考著有什麼其他社群可以去接觸的。他一直很喜歡摩托車，所以就為自己買了一輛舊的哈雷機車，開始與經常聚集在當地一家咖啡館的一群重機車友混在一起。現在這裡就出現了一個有機教會，它形成於對聚在咖啡館的這群人的收割。咖啡館的老闆就帶領這個新教會，這群騎士以一種從來不會對牧師回應的方式，回應了這位同夥的騎士。

當人們在教會傳統模式中成為信徒時，他們通常會加入那個教會，並且很快就會參與到其中所有的事情中。不久，他們就不再是任何非基督徒的朋友了。在這樣的背景下，一個人當了一、兩年基督徒之後，他帶領另一人歸信基督的可能性是很渺茫的。

一個剛剛把生命獻給耶穌的人，對自己的信仰感到興奮，並希望與他認識的每個人分享他的經歷。假如我們把他從他的朋友那裡移開，我們就失去了進入一群新朋友之中的大好機會。（顯然，也有很罕見的狀況，一個人最好不要靠近老朋友——例如，這個新信徒是個酒鬼，他的朋友們都在酒吧閒晃。但即便如此，神可能會要新信徒信靠聖靈的保護，試著先去

41

與他的朋友們接觸，真誠地相信神會給他們機會也經歷福音改變他們的能力。在馬可福音五章18至20節裡，耶穌打發格拉森被鬼附的人直接回他朋友和家人那裡，他把耶穌為他所做的事告訴了城裡所有的人。）

耶穌把天國形容為像麵酵在麵團裡一樣（參考馬太福音十三章33節）。酵母菌向外擴散，直到全團都發起來。同樣地，這種從傳統的、將人吸收去教會的模式轉變為簡單的、流體模式，是目前正在發生的轉變中的一個重要部分。它也有同樣的潛力滲透到我們社會的每個部分。

 註

1. Michael Frost and Alan Hirsch, *The Shaping of Things to Come* (Peabody, MA: Henrickson Publishers, 2003); Pete Ward, Liquid Church (Peabody, MA: Hendrickson Publishers, 2002).

2. Alan Hirsch, *The Forgotten Ways* (Grand Rapids, MI: Brazos Press, 2006), 36-37.

3. Ward, *Liquid Church*.

第6章

激進的（教會）生活

　　幾年前，神讓我們的好朋友麥克看見一個異象。在這個異象中，麥克看到成群結隊的人在博物館的展覽中，排隊看一個玻璃箱子。展示的是一個精緻有蓋子的容器，手藝精美細緻，簡約而優雅。每個人都驚嘆於這箱子精緻的工藝，為它的美麗著迷。

　　只有一個問題。人們驚嘆於這容器，而錯過了更重要的，就是在箱子裡有一顆價值連城的寶石。

　　我們今天也存在著同樣的危險。這本書主要是談論容器的。簡單教會剛好就是──一個容器。而那顆價值連城的寶石是耶穌祂自己。對我們而言，祂是寶貴的珍珠，我們存在的焦點，是我們所愛和敬重的那一位。

　　我們的主要目標是敬拜祂，我們的目標是成為祂的身體：「披戴主耶穌基督」（羅馬書十三章14節）。我們希望耶穌的愛從容器中滿溢出來，流到我們身邊每一個人，尤其是那些活在極貧困中正哭求幫助的人的身

上。簡單教會只不過是一個容器，幫助我們能更清楚地看到耶穌，使我們能夠接觸到最需要祂的人。

比起我們追求正確的教義或適當的教會結構，耶穌對我們的心更感興趣。凡認耶穌是主的，都是基督的身體，無論他們可能屬於哪一個屬靈家庭的人——「是猶太人，是希臘人，是為奴的，是自主的」（參考哥林多前書十二章12～13節）。耶穌和祂的家人——無論我們選擇在哪裡以及如何敬拜——都遠比為教會立場辯護的能力重要得多。

定義我們的價值觀

這些日子裡，神正在許多不同的情況下行動。在某些地方，聚焦在神的醫治大能上；令人驚奇的神蹟正在發生。[1]其他的運動則集中在讚美和崇拜上。[2]還有一些人提出24-7禱告行動。[3]我們中任何一個認為，我們擁有所有答案，或者我們就是「事情真正在發生的地方」，都不過是在欺騙自己罷了。當我們放下分歧，在基督的身體上一起工作時，綜合性的果效就發生了。

然而，似乎現在聖靈越來越聚焦到這個價值觀——定義祂的百姓為「一個身體」。既然教會的結構是由它的價值決定的，強調這一點也很正常。如果我們認為「大就是美」，那麼當談到教會時，我們會更傾向於建立像大企業管理的架構，而不是建立像家庭一樣運作的小群體。

根據舊約，以色列的兒女因事奉周圍列國的神明（參考耶利米書三章8～9節），犯了屬靈的姦淫。現代基督徒認為「我們絕不會那麼愚蠢」，但身在這個教會時代的我們並沒有做得更好。西方的基督徒已然追隨美國夢、物質主義、受歡迎和數字的神明。我們已經成為被表演驅動，而不是被愛的動機驅動。我們給耶穌「主」或「教會的頭」的頭銜，但實際上，

我們定自己的計畫，然後要求祂祝福它們。我們依照教會增長的統計專家的建議，建造建築物、制訂節目，然後我們期待聖靈彰顯能力。當祂以極大的憐憫，樂於透過這些事情來祝福我們時，我們就以為我們已經建造了祂所夢想的教會。我們怎麼能把自己騙得這麼慘？

在世界其他地方，人們真的可能因信耶穌而失去性命。在印度的一些邦（「邦」為印度的一級行政區），對施洗或受洗的人自動判處三年有期徒刑的懲罰，而在許多的村莊裡如果有人成為基督徒，他或她可能就不被允許使用公井，也可能不得不從鄰近的村莊購買米。在去印度的一次訪問中，我們遇到了五個十五到十九歲的女孩，她們在週末從一個村莊徒步數哩路走到另一個村莊，傳福音給任何願意聆聽神的國和耶穌有轉變人生的力量。我們想知道怎樣才能有像她們那樣的熱情。當我們更多經歷到神的愛時，自然而然地就很想要和別人分享它。

在另一個我們訪問的國家，新信徒可能真的會因信仰而殉道。他們肯定會被社會排斥，逐出家門，找不到工作，並可能被關進監獄。當人們要為自己的信仰付出高昂的代價時，他們對基督的委身就會更加堅定。

在西方，成為基督徒的代價很小——我們的基督教也經常是相對的膚淺。顯然我們不希望受到迫害，但也許我們可以向神祈求更多的熱情。耶穌為其捨命的教會在哪裡？祂為之捨命的那個無瑕疵的新婦在哪裡？我們對祂的愛的回應，應該是不顧後果的順服。

非宗教的基督教

在英國的靈恩運動中，一個對我們非常重要的概念就是所謂的「非宗教的基督教」[4]。這種屬靈生命不能被放進盒子裡，也不能放在議程中。它不能被編入程式，也不能簡化為一門課程。正如渥夫根・辛森喜歡說的

那句話：「當聖靈離開時，教會就會訴諸於事工計畫。」

　　一直以來，我們的事奉指導原則是，無論是一間教會或一個像House2House這樣的事工，如果沒有聖靈的積極投入，就永遠不會有足夠的架構可以使這種工作存活下去。想想這個例子：我們曾經協助成立的第一間教會，是在倫敦醫學院時聚會的那個小組。我們從那間教會被派往倫敦一個非常貧困的地區去設立另一間教會之後幾年，原先那個教會的領袖聯絡了我們。「我們不確定什麼已經改變了，」他們告訴我們：「但我們覺得，神的同在似乎已經不在聚會中了！我們該怎麼辦？」當我們問他們，他們覺得下一步應該做什麼時，他們說：「嗯，你總是教導我們，如果沒有神的同在，教會絕不可能有足夠的結構賴以生存下去。也許我們只需放手隨它吧！」因著他們所做的，結果，成員們分散到倫敦各地的許多教會，並在許多新地方成為祝福，而不是硬要撐住某些東西，其實神寧可它們落到地裡死了，好結出更多子（參考約翰福音十二章24節）。

　　我們總是貶低基督教使它成為一種規條的宗教，就定出該做什麼和不該做什麼（特別是不該做的事）的規矩來控制我們的生活。我們透過從世界分別出來和不再愛世界（參考哥林多後書六章17節；約翰一書二章15節）努力來取悅神，我們常靠一本規則書生活，而不是信靠神確實會從內到外地改變我們。當我們的靈命行為是基於義務和責任（「這是一個好基督徒應該做的」），則終將走向沉悶、了無生氣的宗教生活，甚或更具破壞性地驅使人們完全遠離主。大多數的西方人都是在羞恥感驅策下的家庭和（或）教會中長大的，「人們會下地獄！所以你應該傳福音！」這種推理是基於罪惡感。雖然聽起來很屬靈，但卻意味著：「基督為你而死，而你為祂做得太少，你有罪！你應該更加努力。」它企圖使我們感到羞愧，而去做更多事。

毫無疑問，福音應該被宣揚。但，是什麼驅使我們這麼做呢？是在我們裡面運行的耶穌的恩惠和慈愛使我們想做，而非「律法主義」或「以羞恥感為驅力的宗教（shame-based religion）」使我們去做該做的事。當我們活在基督裡，祂從內而外地改變我們。我們發現自己被祂在我們裡面的生命所驅動。祂給了我們新的想望。舊制度下的苦差事，變成了新制度下的生命——保羅會說，是：「基督的愛激勵我們」（哥林多後書五章14節）；耶穌則說：「我的軛是容易的，我的擔子是輕省的。」（馬太福音十一章30節）

47

這並不是說我們總是「感覺」在做正確的事情。愛不是一種感覺；愛是一種意志的行為。聖經就表明得很清楚，我們活著，是靠內住的聖靈的生命而活（參考加拉太書五章25節）。隨從聖靈而活，自然就會遵循聖經而活。

如果我們是真正新造的人（參考哥林多後書五章17節），就可以活在自由裡，自然地跟從我們裡面的聖靈而活。當我們重生時，神賜給我們一顆新的心，祂的律法寫在我們心上，我們不是靠意志遵行誡命而活（參考希伯來書八章10節）。對於尋求跟隨神的基督徒來說，自然而然就會做正確的事！基督教是一條順從內在生命根源的道路，而非只是忠實地遵循宗教機構認可的一套外在行為模式。

當我們的信仰變成律法主義式的宗教，它只是證實了世界的觀點，就是神帶著一根大棍子，等著抓住某粗心大意的人意外犯的罪。在我們家附近的一座教堂，經常在它前面的大型的標誌牌上顯出「一週的經文」。大多數時候，這些經文是嚴厲和譴責人的。每當我們開車過去的時候，我們都會很懷疑誰會對那樣的一位神感興趣，尤其是用詹姆士國王版本的英語時。耶穌把祂最嚴厲的批評留給了祂那個時代的律法主義者，正如保羅所

寫的：「字句是叫人死，精意（或譯：聖靈）是叫人活。」（哥林多後三章6節）

福音是好消息！神無條件地愛我們——祂這麼愛我們，以至於祂進入人類歷史好將我們帶回，到進入和三一真神和好的關係裡。來自加利利的木匠一直對尋求真理的人非常有吸引力，也很有魅力。願我們的生活也因我們真正地愛別人，而變得對別人有吸引力，有魅力。願主拯救我們不要變為現代的法利賽人！

神得回祂的教會——受夠了人為的程序和計畫；簡單教會的一切就是耶穌！祂是教會的頭，而我們——教會——是祂的身體。（參考以弗所書四章15～16節）作為祂的身體，我們（簡單教會和遺產教會二者）需要為只遵循自己的計畫和想法，而非遵循祂對祂的百姓的異象而悔改。不是一種隨便的、膚淺的，「神，我為那些人所做的事感到遺憾」，而是對祂的身體有深刻的認同，並懇求祂憐憫我們，並再次帶著祂的恩典和大能來造訪我們。我們所尋求的是24-7地經歷神的同在，而不是期望藉著去參加某些聚會來履行我們的宗教義務。當我們再次愛上耶穌的時候，我們自然地就會尋求神對我們個人、以及我們的教會的旨意，並且給祂掌管祂身體的至高權柄。

當我們在跟黑暗的執政掌權者爭戰時，我們會看到「奉耶穌的名」，被擄的就得釋放。對於大多數基督徒來說，屬靈爭戰不過是一個概念，而不是一個事實？我們曾聽到有人這樣說：「如果你從來沒有面對面遇到過魔鬼，也許是因為你和牠正走向同一個方向！」

當耶穌賜給我們知識和醫治的恩賜時，我們就會看到超自然的事情發生，就如「道成了肉身，住在我們中間」（約翰福音一章14節）。當我們將聚會的方向和控制權交給聖靈時，我們將會敬畏地看著祂按照祂神聖的

計畫為我們安排一切。

　　簡單教會是建立在這些「非宗教的基督教」的原則之上。我們不再對遵守現狀感興趣。我們不是謹遵宗教團體的規定，而是渴望跟隨聖靈對個別的和集體的內在啟示。試想一群心中充滿火熱的基督徒，以及一個繼續不斷尋求神的面、明白祂的旨意、然後順服祂的指示去行動的教會，神可以藉此轉化列國。

 註

1. 美國加州雷汀市（Redding）的伯特利教會就是一個例子。比爾‧強生（Bill Johnson）主任牧師已經寫好幾本記錄這些神蹟的著作。

2. 美國堪薩斯市的國際禱告殿（The International House of Prayer）將音樂融入禱告中，持續地敬拜、代禱和爭戰──通常被稱為「琴與金香爐」（Harp and Bowl）。

3. 見http://www.24-7prayer.com。

4. 英國著名領導人傑拉爾德‧科茨（Gerald Coates）寫了一本書《非宗教基督教》，本書擴展了一些相關原則。（*Non- Religious Christianity,* Shippensburg, PA: Destiny Image Publishers, 1998.）

第7章

主人的聲音

簡單教會的運作，其實就是跟隨耶穌，我們的基本技能之一就是能夠聆聽從神來的聲音。耶穌說，祂只做祂看到父所做的事，只說出祂從父那裡聽到的（參考約翰福音五章19～20節，八章28節）雖然我們也想聽到和跟隨天父，但我們很多時候都不知道如何「聽見」神。可能是因為我們總是倚靠其他人——牧師、特會的講員、或作家——來替我們聽神說話。

只有一種方法可以學會聽到祂的聲音，就是透過與祂的親密關係。約翰福音十七章3節說：「認識祢——獨一的真神，並且認識祢所差來的耶穌基督，這就是永生。」當我們變成全然地賣給耶穌——認識祂，花時間與祂在一起，在祂同在中失去自我，並沉浸在祂的愛中——當祂向我們說話時，我們可以學會認出在我們心中聖靈的低語。

如果你已經結婚了，不管你結婚多久，你很可能在一個有一百人同時

說話的房間裡，仍然能認出你配偶的聲音。這是因為你們已花了很多時間在一起，享受彼此的陪伴，有時甚至會同步地想到相同的想法，或是彼此補足說話的句子。耶穌希望和祂每個孩子都有一種甚至比夫妻更親密的關係。祂藉著聖靈來做這件事。

雖然耶穌在地上行走時是完全的神，但是祂選擇放下祂的神性（參考腓立比書二章6～7節）。施洗約翰告訴聚集的群眾說，聖靈將把耶穌的事工顯明出來（參考馬可福音一章8節）；他是對的。事實上，耶穌直到祂被聖靈賦予能力，耶穌都不曾開始任何公開的服事（參考路加福音四章14節）。在那之後，祂所做的一切都是在聖靈的能力中做的（參考使徒行傳十章38節）。

同樣地，耶穌告訴祂的門徒，祂離開對他們來說是更好的，因為聖靈會住在他們裡面，引領他們（參考約翰福音十六章7、13～15節）；是賦予耶穌能力並引領耶穌的同一位聖靈，要來引領我們。祂是保惠師——字面意思是「在一旁被召喚的人」。祂藉著啟示神的事，將榮耀帶給耶穌（參考約翰福音十六章14～15節）。當我們培養我們與聖靈的關係時，我們發現自己取悅了神，並且知道祂的旨意（參考羅馬書八章8～9、14節）。

就像我們喜樂地降服於主一樣，我們一定可以領受祂對迷失者的關心和熱情（參考約翰福音三章16～17節；彼得後書三章9節）神是位熱切宣教的神，當我們花時間在祂的同在中尋求以祂的角度來看生命，祂會用那些不認識祂的人的困境來破碎我們的心。然後祂給我們勝過魔鬼工作的權柄，好叫我們看到奉祂的名所行的神蹟奇事（參考馬可福音十六章17～18節；約翰一書三章8節）。這是要使人相信基督的救贖大能。常住在基督裡的結果就是多結果子，因為沒有祂，我們什麼也不能做（參考約翰福音

十五章）。

轉化發生了，當整個身體──無論是個人或全體的──以一種深入的和有影響力的方式學習認識神時，就能在祂對我們說話時，認出祂的聲音。

看門的就給他開門；羊也聽他的聲音。他按著名叫自己的羊，把羊領出來。既放出自己的羊來，就在前頭走，羊也跟著他，因為認得他的聲音。 （約翰福音10章3～4節）

53

認得神的聲音

我們的神是一個溝通者。[1] 約翰福音一章1節說，太初有道，道就是神。溝通是祂本性的一部分。祂不斷地對祂的百姓說話，祂沒有按下靜音按鈕！

費莉絲（Felicity）曾經做過許多心理諮商的工作。為了減少花在心理諮商的時間，她會在每一次會談之前禱告，然後寫下進到她心裡關於那個人情況的思維。思緒似乎常常是從不知名的地方而來，但無論如何她仍然寫下它們。

約有85％到90％的比率，當費莉絲回來審查她筆記裡所寫下的──她認為主向她顯明的事──是準確的。有一次，患有憂鬱症的一個女孩前來接受心理諮商，但主已經告訴費莉絲那女孩的父親虐待她。所以只用了兩個問題，費莉絲就找到她憂鬱症的根源：「妳和妳父親的關係如何？」以及「他是否以任何方式虐待妳？」（請注意：費莉絲沒有立即問是否父親虐待過她。女孩需要有個迴避的空間，在她不想談論這個話題時。此外，費莉絲也可能是錯的！）這個操練教導費莉絲相信，當她禱告時，神正在

透過「從不知何處而來的想法」對她說話──她正在學習認出祂的聲音。

也許最常見的神說話的方式，是透過我們的思想。根據我們的經驗，聽到神用肉耳可聽見的聲音說話是非常罕見的。當我們培養一種傾聽的態度時，我們學會把祂的聲音和我們混亂的思緒分開來。

當我們細看聖經時，我們發現神用許多其他方式對祂的百姓說話。

神的道

詩篇一百一十九篇105節說：「祢的話是我腳前的燈，是我路上的光。」自古以來，神的聖徒都是受祂寫下的話語引領的。

湯尼領受聖靈的洗禮後不久[2]，他參加了一個聚會，聚會中神滿有大能地醫治人。有些背部有明顯問題的人不再疼痛了，患有關節炎的人在禱告後發現他們的關節立即放鬆了。領導聚會的人開玩笑地說：「如果這裡有醫生，他們將得找一份新工作了。」湯尼當時在醫學院，這讓他徹底地感到震驚──他從來沒有問過神，是否成為一個醫生就是祂要他這一生做的事。在混亂中，他回到他的房間，感覺聖靈在問他：「你準備好跟隨我了嗎？即使這意味著你將離開醫學院！」第二天早晨，當湯尼打開他的聖經照著靈修進度讀經時，他發現主用彌迦書二章10節的話挑戰他：「你們起來去吧！這不是你們安息之所」──這句經上的話，正印證聖靈前晚對他的心說過的話。像這樣的經歷，有助於我們相信：聖經是我們最後的一道準繩，任何其他從神來的話都是根據這準繩來衡量。

湯尼真的離開了醫學院兩年，直到神清楚地告訴他回來。這可能是唯一次，湯尼相信他以肉耳聽見了主的聲音。那時，他是在一間醫院的藥房工作，正要清理一些用來靜脈注射的瓶子──出乎意料之外，他突然地聽到聖靈說要他回醫學院。他立即懷疑這是否真的是主的聲音。所以，湯

尼請求主以他無法左右的方式證實這一點。神回應了他的禱告，醫學院讓他回去，而且他不必重修他已完成的任何課程，政府也把他原來的獎學金還給他，這兩種情況在英國都是前所未聞的。

神的平安

歌羅西書三章15節說，神的平安在我們心裡作主。這裡「作主」一詞的字面意思是「擔任裁決者」。一種內心深處的平安往往是神彰顯祂旨意的方式。例如：幾年前，當我們主要的客戶突然決定終止我們的服務，使得我們的業務嚴重衰退，在最初的恐慌過後，一股令人驚奇的平安接管了我們的心。雖然花了將近一年的時間才找到替代的新顧客，但是神的平安使我們確信祂已經掌管，一切都會好起來。

異夢和異象

在舊約和新約聖經中，神經常藉著異夢和異象對人說話。彼得引用先知約珥的話，提到：異夢和異象以及預言，現在都是身為神的子民會經歷的特徵。

> 神說：在末後的日子，我要將我的靈澆灌凡有血氣的。你們的兒女要說預言；你們的少年人要見異象；老年人要做異夢。在那些日子，我要將我的靈澆灌我的僕人和使女，他們就要說預言。
>
> （使徒行傳二章17～8節）

耶穌地上的父親約瑟被夢指引，離開伯利恆去埃及，以拯救耶穌的性命（參考馬太福音二章13～14節）。一個異象讓彼得得到了允許，往一個

外邦人哥尼流的家去，並帶出神將救恩從猶太人延伸到外邦人的啟示（參考使徒行傳十章）。同樣地，也是一個異象帶領保羅去馬其頓傳福音（參考使徒行傳十六章9節）。

我們也在自己的生命經歷中看到神這樣的工作。一天晚上，費莉絲夢見我們在家裡提供的一門課程，可以在網上看到了。接下來的幾個月裡，我們做了必需的工作，使它在DVD和CD上可以使用；從那以後，它就能祝福比我們在自己家裡所能接觸到的更多的人。

有個當地的家教會領袖，做了一個跟她未信主的鄰居有關的夢。第二天她見到那位女士時，她就可以和她分享夢境，這開啟了她們兩人之間的對話，而她的鄰居很快就成了那個教會的一分子。

預言

禱告是我們對神說話，而預言是神透過別人對我們說話。預言通常是用來確認神正在做或正在說的事情。哥林多前書十四章告訴我們要追求愛，也要認真尋求屬靈的恩賜，特別是我們要追求可以說預言。

我們也得到安全使用預言的指導——為「要造就、安慰、勸勉人」（哥林多前書十四章3節），這些是行使這項恩賜的安全界線。經文背景顯明，預言並不是為了預測未來，或是為了定某人有罪。它只是為了分享我們從主那裡得到的感動。如果我們不試著去詮釋主透過我們給別人的預言，也會更安全——我們應該讓聖靈去做。

敬虔的謀士

最後，依據箴言十五章22節，主常常用敬虔謀士之語向我們說話。我們曾多次從別人的智慧中受益。當我們第一次考慮如何出版我們的書時，

是透過我們自己所在的簡單教會給我們的智慧，所以我們一開始就走自行
出版的路線。

看到神的作為

在福音書中，我們讀到耶穌不僅只說祂聽到父所說的話，祂也只做祂
所看到的父所做之事。我們怎麼能看見神正在做什麼？就像聽到神的聲
音，意味著當祂在透過我們的思想對我們說話時，我們可以認得出來；看
見祂，意思就是說，我們知道祂可以透過我們異象中的畫面來說話。但絕
不僅止於此。

假設你的同工提到一個他在家裡正面臨的問題。你為他禱告，而神回
應了你的禱告，這也是神在工作！當我們奉耶穌的名禱告，讓神介入一個
狀況時，祂將以帶給天父榮耀的方式回應禱告。

在海外一個迅速擴展的教會植堂運動中，有超過百分之八十的新教會
的開展是因為神回應禱告的結果。植堂者為當地一個家庭的需要禱告，神
回應了。這個故事傳得遠近皆知，於是那些感興趣的人就聚集在一起聽福
音。他們有些人相信了，一個教會因而就在那個家庭中和那個村莊裡開始
了。

作為個人以及作為教會，我們可以學習辨識天父正在做什麼和說什
麼——在當前的簡單教會運動中，我們越來越經歷到神的所言、所為。我
們的一位好朋友約翰・懷特（John White）聚集了一群人，目的就是要學
習聽神的聲音。當小群（教會）聚集時，成員們就分享他們從神那裡聽到
的信息，以及他們計畫如何遵行。過去的一年中，這個小組有五個人聽到
主告訴他們要去開始新的教會。最近的一封電子郵件中，約翰描述了由原
來的教會所成立的兩個教會：

57

原來小組的成員之一，是一所路德會高中的摔跤教練頭頭。他聽到主告訴他把他的摔跤隊看作是一個教會——每天，當他聆聽主的聲音時，他都會收到關於如何做這件事的指示。每天當球隊為練習集合時，這個教練都會分享他從神那裡聽到了什麼信息。他開始教導摔跤手如何為他們自己和教會的特質聆聽神的聲音。（他們開玩笑說，這是一個真的相信「按手」的教會！）賽季結束後，另一項運動的教練評論說：「你們的隊伍是學校裡唯一真正是一家人的隊伍。你們是怎麼做到的？」

另一個原來的小組成員是一名前警察，他住在城外的郊區。有一天，一隻流浪狗出現在他的院子裡，在那裡晃了好幾天。狗主人原來是個登記有案的性侵犯者，儘管現在已成為耶穌的追隨者，但社區的人卻把他棄之在外，拒絕往來。前警察聽見主對他說：「邀請這個人和他的妻子共進晚餐。」一起吃完這頓飯後，長出了一間有四對夫婦的教會。這間家教會已經成為這個前性罪犯和他妻子唯一與其他人有正常關係的地方。最近，當這位前警察談到，參與這小組的每對夫婦是何等的透明和生命的改變時，他淚流滿面。[3]

普通人聽到了神的聲音，去到市集之處，看到神以不尋常的方式工作！當他們把從神聽到的信息帶給他們遇到的一群人時，「身體」就被建造了起來。當教會等候主並且發現「基督的心」（哥林多前書二章16節）時，耶穌就可以建造祂的教會。

註 ....

1. 這方面，有相關文字提供給讀者作更充分的理解：Mark Virkler, "hear God's voice" and John Eldredge, *Walking with God.*

2. 為了討論聖靈的洗，建議讀者參考http://en.wikipedia.org/wiki/Baptism_with_the_Holy_Spirit。

3. 約翰・懷特於2008年7月30日寫給費莉絲的電子郵件。

第 **8** 章
浸泡在禱告中

溫度比冰點低幾度 我們這間簡陋的旅館房間沒有暖氣。為了得到溫暖，我們決定提早出發，參加每週一次的通宵禱告會。在離聚會開始前一個多小時到達，我們發現那棟建築物（大約一萬人坐在裡面）已經擠爆——老人、年輕人，背著嬰兒的婦女，孩子們睡在地板上——所有人都在敬拜。我們聽不懂他們的話，不知道怎麼回事，但當聚會開始的時候，每個人都開口禱告，隨著主的帶領大聲呼求。他們站起來，舉起雙手，有些人握緊拳頭，眼淚順著臉頰流下來，令人深深感動。四十分鐘後有人敲鐘，禱告才停。接著宣布了另一個主題，他們又開始禱告。整晚都是這樣。我們感到自慚，好像在禱告方面我們只到幼稚園等級。

在接下來的幾天裡，我們遇到了幾個禁食四十天的人，許多人說神以奇妙的神蹟回應他們的禁食禱告。當我們在南韓首爾的純福音中央教會

（當時是世界上最大的教會）[1] 的停留近尾聲時，我們很清楚，我們正目睹一場聖靈回應聖徒熱烈禱告的大能而深刻的運動。

在1983年參訪以前，我們天真地認為，那麼大規模的教會（當時大約三十五萬人）必定是膚淺的——廣度有餘、深度不足吧！除非有某種超級巨星或驚奇的「演出」吸引人們蜂擁而至，否則教會怎麼可能發展得如此快速？我們錯了！哪裡有神的子民全心尋求祂，祂就在那裡動工。

我們去了他們的「禁食禱告山」，因為天冷的緣故，數百人裹著睡袋，他們來到這裡禱告和禁食，等候神。有些人生病了，正在祈求神醫治；一些人在為業務問題禱告；一些人在為親友禱告，還有人祈求神使這個國家轉化。

我們得到什麼結論？這是一個神深深動工的地方。數以千計的人找到了基督，一切都和禱告有關。[2]

任何神行動的進行無不依賴禱告和代求。這個簡單教會運動是從全國各地的簡單教會（simple church）和傳承教會（legacy church）眾多信徒的祈禱中誕生的，他們一直在祈求神收回祂對教會的主導權。但是，如果這運動不是從我們的膝蓋培養出來的話，那麼它可能很快就偏離軌道，或是到頭來一事無成。我們不能期望一個神的行動廉價地來到，我們必須是一個願意付上禱告代價的人。

今天神的行動蓬勃發展是因為代禱者用他們的膝蓋爭戰，攻打天空一切敵對我們的屬靈勢力。需要有人向神呼求，祈求祂做一些規模驚人、只有祂能得榮耀之事。任何運動蓬勃發展都是得力於得蒙恩賜者晝夜祈禱仰望神，一小時又一小時，日復一日，直到祂帶著大能降臨。聽起來好像是一件在屬靈上非常刺激又興奮的事，其實禁食和代禱是一項艱巨而隱密的工作。我們禱告時常常覺得天堂好像銅牆鐵壁，甚至祈禱最多只打到天花

板就掉下來了。然而，長時間禁食禱告所結的果子，是我們連想都不敢想的，神竟這樣應允禱告，讓我們看見祂的大能運行。

幾年前，有人問我們一個有趣的問題。如果給我們兩種選擇，一個是充滿神蹟奇事，使無數基督徒被聖靈觸摸的大能運動，另一個是比較緩慢平穩的福音佈道或宣教工作，使成千上萬未信的人進入神的國，並使社會轉化，我們會更喜歡哪一個？我們的回答必然會是後者，就像我們在訪韓時所見的。

馬鞍峰教會的華理克牧師（Rick Warren）曾經就有關教會拓殖問題，採訪我們剛剛描述過的韓國教會領袖趙鏞基牧師。趙牧師說，教會草創時期，他必須每天禱告四到五個小時，以進行屬靈爭戰，並與聖靈保持夥伴關係。直到現在他才把它縮短為三個小時！[3]

在另一次接受《餘民脈動》（The Heartbeat of the Remnant）雜誌的丹尼・肯納斯頓（Denny Kenaston）採訪中，中國教會領袖報告說，他們大多數每天祈禱三小時，但有些人是一整天都在禱告。他們說，有許多夜晚全教會的人都聚集禁食禱告，有時禱告到早上，才發現地板因為眾人流下的眼淚變得濕滑。[4]

大衛・華生（David Watson）在印度北部參與了十四年的教會拓殖運動，開拓四萬多間教會。在過去的四年裡，大衛參與培訓非洲的教會拓殖者，協助開拓了五千多間教會。他寫道：

在最近一次我們事工中教會拓殖成效最好的前一百名同工的會議中，我們在這些高產值的領袖中尋找共通的因素。這些教會拓殖者中的每一位，連同他們領導的團隊，每年開拓超過二十間教會。有一個團體在前一年開拓了五百多間教會。我們在所有這

些教會拓殖者中發現的唯一共通因素是，他們都委身於禱告。雖然還有其他共同因素，但唯一共存在於每個團隊中的因素是對禱告的高度委身。

這些領袖平均每天花三小時進行個人禱告，然後花三個小時和他們的團隊一起禱告。這些領袖並不全是全職的宗教領袖。事實上，他們之中大多數人都有固定的工作。他們從凌晨四點開始禱告，上午十點去上班。

這些表現最好的人還每週花一天時間禁食禱告。整個團隊每個月都用一個週末禁食和禱告。5

我們聽過的最有能力的禱告時光之一，是來自傳承教會的一群七至十一歲的人。他們禱告的熱情和力量真是非比尋常。他們呼求神拯救他們的國家，他們將生命獻給祂，懇求祂來使用。我們手邊剛好有這段禱告時間的光碟，每一次公開播放，都令人強烈感到神的同在，彷彿觸手可及。我們也經常在家裡聽，每一次總是打動我們、激勵我們。

代禱是一件看不見的工作，需要在主面前投入數小時之久。在這運動中，有誰會起來接受挑戰，讓禱告成為他們一生的呼召？神在培養充滿熱誠又熱情的代禱者的同時，也在預備我們投入我們所渴望的國家轉化，「若不是耶和華建造房屋，建造的人就枉然勞力。」（詩篇一二七篇1節）

皮爾森（A. T. Pierson），十九世紀初的一位傳道人兼作家，曾經說：「從五旬節那日以後，在任何地方，沒有一個偉大的屬靈覺醒不是由同心合意的禱告開始的，就算只有兩、三個人也可以。當這種禱告會衰微了，就沒有任何向上又向外拓展的屬靈運動可以持續下去。」

約翰‧衛斯理（John Wesley）說：「神除了回應禱告，不做別的事。」

我們是否願意為神行動的永續而付上代價？

65

註

1. 純福音中央教會於1958年由趙鏞基博士和他的岳母崔子實創立。

2. 根據世界價值觀調查，在1982年到2001年之間，韓國的基督徒人數從總人口的23.5%增加到39.3%。《宗教人口狀況：韓國》，皮尤研究中心論壇的宗教生活和公共生活，http://pewforum.org/world-affairs/ countries/?CountryID=194.

3. 《與趙鏞基和華理克一起吃早餐》，"Breakfast with David Yonggi Cho and Rick Warren," Pastors.com, 2001, http://legacy.pastors.com/rwmt/article.asp?ArtID=578.

4. Denny Kenaston, "The Radical Chinese House Churches," The Heartbeat of the Remnant, January/February 2003; Kenaston, "The Radical Chinese House Churches, Part 2," Remnant, March/April 2003, http://www.charityministries.org/theremnant/theremnant-textonly.a5w.

5. David Watson, "Church Planting Essentials—Prayer," Touch Point: David Watson's Blog, December 27, 2007, http://www.davidwa.org/node/27.

第 9 章
教會的形象

當我們1970年代在醫學院內開始聚會時，我們從開始就決定以聖經作我們唯一的教科書。我們為自己開一門課，來研究和理解它對教會及教會生活有什麼看法。

基督的身體

我們在新約聖經中最常見的一幅圖像是，教會要有身體——基督的身體——的功能運作。簡單教會就是要成為基督的身體，基督自己作為頭。以肉身來說，身體有許多不同部位，也各有其功用，對身體的健康運作都是不可少的。基督的身體也是如此。根據羅馬書十二章和哥林多前書十二章，我們每個人都有不同的角色，全都是身體健康和強壯必需的。沒有其他人，我們誰也辦不到。如果有一個成員不能正常運作，基督的整個身體就會因此而變得軟弱。

因此，我們要欣然接受基督身體的差異性和多樣性，並歡迎各種恩賜和運作方式。比起其他人，有些人具備的是實用技能——我們認識一個人，他修理教會裡那些付不起修車費用之人的汽車。其他人的恩賜則在崇拜或預言方面。但我們大家一起做主工，組成基督的身體。

在哥林多前書十二章22至25節，保羅更進一步說，身上肢體看為不體面的，我們要越發給他加上體面。在實踐層面如何落實呢？根據我們的經驗，當一個本性安靜的人表達意見時，他或她的見解通常是相當深刻的。孩子是另一個例子。藉由重視和讚揚他們的貢獻，我們可以幫助孩子們在基督身體裡更有自信地參與、投入。

在西方，教會往往更像是看體育賽事而不是參與團隊活動。我們坐在教堂的長椅上，盯著別人的後腦勺。誠如已故的溫約翰（John Wimber，葡萄園運動創始人）所說：「信仰要行出來！」他以非常實用的教導告訴一般信徒如何「做」那些佔了耶穌和門徒大部分時間的事——醫治病人，趕鬼，為情感的需要禱告（參考路加福音四章18～21節）。哥林多前書十四章和羅馬書十二章都列出我們可以做的事——從說預言到醫治病人到行異能。

教會如家庭

當我們的醫學院學生研究新約聖經對教會的看法時，看到另一個比喻：家庭。簡單教會就是家庭。其他成員是我們屬靈的弟兄、姊妹、兒子和女兒。我們不「去」家庭——它不是一個活動或一個地方。我們「就是」一家人。當然，健康的家庭確實經常聚在一起。但不是聚在一起使他們成為一家人；而是他們彼此間的關係。

同樣地，教會不在於聚會本身，而在於關係。比起聚會，作為基督的

身體需要投入更多。基督吩咐我們彼此相愛（參考約翰福音十五章12、17節），又說世人因我們彼此相愛而認出我們（參考約翰福音十三章35節）。初代的門徒明白這一點，並以深刻和有意義的方式過著分享、分擔的生活。約翰把自己描述為「耶穌所愛的門徒」，他在約翰一書中詳細談論了團契的本質：「我們若在光明中行，如同神在光明中，就彼此相交。」（約翰一書一章7節）

渥夫根・辛森（Wolfganf Simson）寫道：

69

> 家教會基督教（house church Christianity）是基督身體在一個普通的房子裡……在許多方面，家教會就像一個關係的、自發的、和有機的屬靈大家庭。一個家教會不需要提升組織層級，不需要官僚組織、也不需要儀式，它就像一個普通的大家庭那樣過日常生活。家教會反映神的特質和品格。這種社群生活方式是以聖靈裡的愛、真理、饒恕、信心和恩典塑造的。家教會是我們彼此相愛、彼此饒恕，與哀哭的人同哭，和歡笑的人同樂，給人恩典也領受恩典，並常與神的真理和赦罪之恩相連結。這是一個所有面具都能摘下的地方，我們可以敞開心扉而仍舊彼此相愛。[1]

這是真實的團契。彼此真誠相待，彼此相愛、互相關心，無虛偽做作。如果有人碰到困難，以我們對那人的認識足以看出跡象，這叫真知識。拿掉我們所有的面具，讓別人認識我們的真貌，這是需要學習的。真實的團契需要時間與委身。

使徒約翰得出這個驚人的結論：「不愛他所看見的弟兄，就不能愛沒有看見的神。」（約翰一書四章20節）

我們有一位在紐約市中心工作的朋友傑瑞德（Jared Looney），他提到最近在一個簡單教會的聚會：

　　過去的這個週末，教會在我們家的聚會有點曲折，但結果變成神大能的夜晚，大家相互帶來情緒的醫治。一開始呢，經常參與的人中有一半由於各種因素（生病、工作等相關問題）而缺席，後來出席者中卻有一些外地來的新朋友，加上原本我們有的一些暑期實習生，聚會很快成為了一個多元朋友社群。經文討論近尾聲時，有幾個人開始以坦誠、率直的措辭說出他們目前的掙扎和痛苦。他們帶著淚水和沮喪，真率地訴說他們如何與神摔跤，以及在「心靈黑夜」中的信靠。

　　這些充滿淚水的談話在我們簡單教會裡並非每週發生；但算是常見。我清楚地被提醒為什麼我如此熱切地擁抱這種簡單卻凌亂的教會形式：有多少人僅僅需要無條件的擁抱，有個能把心底話說出來的地方，卻因為找不到這樣的朋友圈，而心懷怨懟地漸漸退縮而活在陰影中？有多少人在聽詩班唱詩卻同時感到內心的空虛，在掙扎中設法抓住一些殘缺的信心呢？還有多少人在積極地逃避這種可能的傷害，因為他們的消費主義已經使他們對避開十字架討厭的地方而只想享受恩典？

　　我們的城市極度需要福音，以及能具體展現信心和希望的信徒組成的屬靈家庭。我們的城市充滿著失望，就像被烏雲籠罩、被寒冬冷雨侵襲。簡單地說，人們需要一些真實的東西。真實的信心，真實的愛心，真實的盼望。若不能在真誠的社群中找到真正有勇氣活出福音的同路人，我真不知道還能在哪裡看到？為此

禱告吧，為這樣的群體在我們的城市不斷倍增而禱告。此地傳播福音的障礙往往是我們西方自己的發明。許多人的心其實很容易受福音影響，但是工人太少。請向莊稼的主禱告祈求。[2]

用愛石建造的殿

新約聖經也把教會描繪成一座用活石建造的靈宮（參考彼得前書二章5節），這些石頭必須切割和鑿刻才能嵌合在一起，社群的生活方式有助於我們打磨塑形，當我們在關係中一起成長，尤其是每天都在生活中互動，總會出現緊張關係。有人不喜歡另一人對待孩子的方式，有人喜歡不一樣的音樂風格。當我們共同分享生活時，總有很多機會學習向自我和自己的喜好死。這是神改造我們，使我們更像耶穌的方式。

新約聖經中的基督徒顯然花很多時間在一起，但是在生活忙碌的今天如何做到這一點呢？通常，人們覺得只有當一切都很完美的時候，才能邀請其他人到自己家裡！──家具亮晶晶沒有一點灰塵，孩子們都很乖，還有香噴噴的家常便飯等著客人。但如果這是我們的標準，我們將永遠不會互相認識！在你帶孩子去看球賽之前，何不邀請另一個家庭和你們一起吃披薩呢？或是邀請一位單身媽媽和她的孩子一起去看電影？

歌羅西書二章19節說，全身是靠關節和筋絡連結在一起，從基督得到供應，按神的旨意漸漸成長。這裡說的關節和筋絡的原文，其本義就是「連結在一起」的意思。愛是將我們連結在一起的黏著劑。這種愛是實際的，而不僅僅是一種模糊的溫暖。有時，實際的愛可能意味著為一個有財務需要的人籌集金錢，也可能是去為一個沒法自己動手的人打掃他或她的家。

我們住在倫敦的時候，有一個家庭小組，成員中有幾位護理師，她們

71

輪班的時段都很奇特。那時我們住在舊市區一個不是很安全的社區，她們聚會後回家的唯一途徑是搭公共運輸工具——晚上搭乘公共運輸工具自然不是叫人愉快的事，更別提安全顧慮了。這個家庭小組的成員決定他們不希望這幾位護理師那麼晚了還搭乘公共運輸工具，他們每週收集這些護理師的排班表，不論何時下班，總有人開車去接她們安全地返家。頭一兩個禮拜這樣做很容易，但是想想看，委身地一個月又一個月地做！這正是為朋友捨命的具體表現啊！

註 ....

1. Wolfgang Simson, *Houses that Change the World*, (Emmelsbüll, Germany: C & P Publishing, 1999), 80–89.

2. Jared Looney, post on LK10.com, http://lk10.com/component/option,com_ fireboard/Itemid,31/func,view/catid,20/id746/.

第 10 章
簡單可重現

那麼，簡單教會與典型的傳承教會有什麼不同呢？這是否就是傳承教會的家庭小組或細胞小組嗎？

簡單教會並不像你任何可能去過的「教會」[1]。當人們聽到簡單教會時，常常充滿疑問：「是不是像禱告會一樣的？」嗯，我們禱告，但不是，跟禱告會不一樣。「那，是查經班嗎？」不，不是查經班，雖然我們通常會花一些時間查考聖經。

也許來自傳統教會的信徒在開始一個簡單教會的時候，所面對最大的誘惑就是，把聚會變成我們傳統教會的縮小版。我們遇過一些家教會，他們把椅子排成一排排，還有一個講臺！即使坐在自己家中，非正式地圍成一圈，一抬頭就可以看到對方，同樣很容易陷入傳統教會的習慣：有人負責帶敬拜，有人負責教導等等，這樣一來，不過是把聚會從教堂搬到我們家客廳而已。如果我們那樣做，就錯失簡單教會的真諦了──主自己已為

我們的聚集定好一個計畫，並通過祂身體的每一個成員來顯現祂自己。

人們可能離開了「傳統教會」，但有時需要很長時間，「傳統」才會離開他們！剛開始，他們不去做禮拜，可能每個星期天早上心中都會有罪惡感。正如法蘭克・威歐拉（Frank Viola）在他的《在家中聚集》（Gathering in Homes）書中所建議的那樣，特別是當有人從傳承教會出來要建立一個新教會時，最好的做法是有幾週先一起吃個飯，先不要嘗試任何類型的「宗教」或「屬靈」聚會。在非宗教背景中彼此認識，是讓神連結彼此關係和靈命的一個重要因素。[2]

教會是家庭。當一家人圍坐在餐桌時，母親不會對孩子們說：「現在我們一起來聽爸爸說什麼。」然後，父親講了四十分鐘，解說一些和孩子完全無關的事務。不可能！健康的家庭是互動的、參與性的，人人在其中緊密關連。簡單教會也是這樣。

受造萬物中每一種生物生來就是為著繁衍，甚至教會也是。而且越簡單，就越容易繁殖。兔子的繁殖速度比大象快，因為大小和結構都不複雜。這個原則所有生命都適用，教會也不例外。

如果我們希望看到這些簡單教會倍增，那麼就需要注意我們的模式。簡單教會的所有關鍵要素都要盡可能地簡要，這並不是說內容是空洞的或膚淺的──它往往是非常深奧的──而是說做的方式很簡單，因此很容易複製。

舉個例子，禱告。如果我們以五分鐘的講道式禱告為模式，就會限制所有其他的人開口禱告，只有最成熟的基督徒才會開口。反過來，如果我們作簡單的禱告，兩、三句的對話式禱告，任何人都能加入，而且可以禱告很多次。

如果我們製作一頓精緻美食，人們會認為必須是專業廚師才能在家裡

開始一間教會。然而，簡單的愛宴，一人帶一道菜，就可讓人人都參與了。

如果我們講一篇道，其他人會認為他們得有講道的能耐。（由於大多數人最大的恐懼是公開演講，這很難鼓勵人們積極參與！）但是任何人都可以用簡單、互動的方法來帶查經班。一位菲律賓教會拓殖者這樣說：「我在教會裡從來不做任何剛信主一週的基督徒無法做的事。」我們喜歡這樣。

使徒行傳二章42節為初代基督徒聚集時發生的事提供了一個簡單的架構：「都恆心遵守使徒的教訓，彼此交接，擘餅，祈禱。」這四個元素定義了在簡單教會裡發生的事。不是說所有這些都必須在每一次聚會中發生、或以相同順序發生，而是說聖靈應該會以這幾個主軸來引導聚會。

從聖經學習

讓我們先來看使徒的教導。如果我們的簡單教會即將迅速倍增，就沒有那個餘裕去花數年時間訓練聖經教師。總之，目標不是產生出幾位有恩賜的教師，而是很多求知若渴的學習者。使徒保羅也面臨這樣的困境——在某些情況下，他幾乎是被迫立即放下初信者，繼續前行。例如，在腓立比，他只是「住了幾天」（使徒行傳十六章12節）。因此，我們喜歡採取讓聖經自己教導的做法，信主年齡尚淺的信徒也能領導。比起現在，在新約時代的教導更具有互動性。例如，保羅在以弗所的某次聚會講到很晚，經文裡「講論」（使徒行傳二十章7節）的希臘文是*dialegomai*，就是英文「對話」（dialogue）的字源。耶穌的非正式教導常是以討論為基礎的，而且會被問題打斷，或是祂自己提問，或是別人發問。

福音派基督徒傾向於強調良好**教導**的重要性，但我們相信這會錯失一

個重點，就是幫助人們真正**學習**聖經並**應用**到每日生活中。統計數據顯示，我們以積極參與的方式比僅靠聽的，學到的更多。光用聽的大約能記住20%，用看的加上聽的約能記住50%，而從自己嘴巴說出來的，可以記住70%。[3] 在簡單教會裡，每個人都參與學習的過程。我們不只一次聽到有人說，他們在簡單教會短短幾個月學到的東西，比多年聽好的講道學到的更多！

多年來，我們反覆使用兩到三種不同的查經模式。方法不是最重要的議題，重要的是，要用方法帶出參與式的討論。我們最常用的教導模式是基於四個符號：一個問號，一顆燈泡，一支箭，一個耳朵。我們從一段經文開始，請小組某人朗讀一節經文或一個句子。偶爾（比方讀一個比喻或福音故事時）一口氣讀完整段也滿好的，然後再回到第一節，逐節探討。接著小組尋找和符號相對應的東西。問號顯然表示有些我們不理解的東西。某人可能會說：「我在這節經文上有一個問號。它說的是什麼意思？」

燈泡代表令你眼前為之一亮的東西，不論是聖經的哪一段，或是在哪個人生命中發生的事。因此，小組中的一個人可能會說：「我給這節經文一個燈泡。它描述了我上個禮拜在工作中發生的情況……」

箭代表神刺進一個人內心——聽到從神來的話以後，需要做點什麼來回應。某個參與者可能會說：「神跟我說這件事已經一段時間了，但我一直忽視它。我想我必須改變了……這對我是一支箭！」或者「我剛從這節經文中意識到神要我去做……」

耳朵代表有人需要聽一聽某成員剛剛學到的東西。這通常應用在查經結束時，建立互相問責的制度。下一週來聚會的人可以彼此互問：「這個禮拜你有沒有對某個人談到你上週學到的東西？」

如此充分討論一節經文或一個思想之後，再接著進行下一節。

我們經常使用這種方法來開始教會，特別是帶領未信者聚會時。我們和一群尚未信主的商人聚會時，曾以這種方式查考箴言，思考與企業和財富有關的原則。雖然一開始的查考是以企業為焦點，但過了一段時間，小組每一個人都信主了！天國的種子是神的道，神的道是活潑、有功效，又能改變生命的（參考路加福音八章11節；希伯來書四章12節）。

我們在簡單教會中使用的另一種模式是，先讀一節經文，然後請每個人發表意見來回答三個問題：它說了什麼？是什麼意思？對我的生命有什麼影響？我們在一個低收入住宅區帶領一群初信者時，就採用這個模式。當我們讀到帖撒羅尼迦前書第四章關於在性犯罪方面的教導時，其中一個年輕人信主才幾星期、仍與女友同居中，他問：「這節經文是否意味著那張紙很重要？」（指結婚證書）那次聚會大半時間都在討論這一節經文。我們沒有給出答案，而是讓聖經去做教導。結果呢？聖靈藉著這句經文使這年輕人知罪，於是他和他的女朋友分開住，直到他們結婚。

同樣重要的是，人們要把學到的東西傳給別人：「你知道誰需要聽我們剛剛討論過的內容嗎？在接下來的幾天裡和他們分享一下，然後下週告訴我們事情進展得如何。」

最近費莉絲「參加」了大衛·華生舉辦的一個網路研討會。他描述了他是如何以類似本章所說的基本模式，傳授給一個他配搭了一段時間的簡單教會。他鼓勵他們把所學的知識傳授給別人。不到一年，一個從六個人開始的小組現在變成十個不同的簡單教會，參與者超過六十人。[4]

較大的小組如果有人充當引導者，運作上可能會更順暢——確保查經順暢進行，人人都參與，並且沒有人（尤其是引導者）佔據發言時間。引導者的工作不是回答問題，而是把問題直接轉回小組裡去：「其他人對

77

這個問題有什麼看法？」「以前我們有沒有查過其他與這主題相關的經文？」引導者就是這樣不斷將人引回到聖經，確保聖經是唯一的權威。

在這種參與式的查經班中，每個人的觀點都被看重，沒有「錯誤」的答案。當有人分享一些奇怪的觀點時，引導者可能會說：「這是一個有趣的觀點。我從來沒聽過有人這麼說過。其他人怎麼看？」一定有人會提出更好的答案。如果你暗示那個人說的是錯的，他或她可能以後再也不會分享了。

許多出身傳統教會背景的人擔心這種做法會給異端開門。我們可以證明，在我們多年來的幾十個小組中，從來沒有見過有人因錯誤的教導而偏離正路。即使是信主年齡最淺的基督徒，我們也發現每當有太古怪的事情出現，通常會有人指出它。

在我們參與的教會中，通常一起查考聖經中的一卷書。有時，我們在一次聚會中涵蓋的內容多達一整章；然而，更常見的是，就只是幾節經文。因為識字對某些群體可能是個問題，所以通常只讀幾節經文，接著就討論學到了什麼。即使大人們不識字（或者又忘記了他們的眼鏡！）通常身邊總有一個小孩子識字，能把經文唸出來。

選擇用什麼方法倒是其次，比較重要的是達到你想打造一個參與式查經班的目標。聖經本身就是老師，而小組的每個人都參與教和學，還把所學到的應用到日常生活中。

雖然這不一定意味著一個有恩賜的教師無用武之地，但我們已經發現，在家裡舉行的小型聚會並不是發表長時間的、課程類型信息的最佳場所。如果神向某人啟示了一些有用或令人興奮的真理，我們總是鼓勵那人分享——但只用簡短的形式分享。無情的事實是，聽長篇大論的講道不會把人變成門徒！

事實上，巴拿研究中心（The Barna Group）進行的研究顯示，全美各地的傳統教會中，一般的出席者在離開教堂禮拜不到兩小時，就已經無法確定證道的題目是什麼，更不用說講道中傳達的要點了！雖然有很多人喜歡精心設計和完美溝通的講道，但更多人似乎沒有從中獲得有價值的收穫。然而這些人選擇參加教堂的禮拜，是因為他們渴望與神建立更深的連結——他們沒有對學習與敬拜關閉心門，我們只需提供更適合使他們成長的選項。

79

食物和團契

使徒行傳二章42節架構下的另兩個要素是，團契和吃飯。

在過去三十年的大部分時間裡，我們一直參與簡單教會的聚會，並且越來越相信食物對於確保一個小組成功非常重要。一起吃飯的小組似乎總是比不一起吃飯的小組做得更好。

一起吃頓飯是互相交流、分享生命的美好時光。用餐時可以問：最近過得好嗎？神怎樣對你說話？從神的話語學到什麼？哪裡有掙扎？一起吃飯為人們提供了一個透明的機會，讓他們放下面具，真誠相待。

吃飯在耶穌的生活中顯然也發揮了重要作用，祂與信徒和非信徒之間的一些最有效的互動，都發生在一頓飯中，包括與馬太（利未）和他的朋友（參考馬可福音二章15節）和最後晚餐（參考馬太福音二十六章26節）。我們從使徒行傳二章46節得知，初代教會每天都歡歡喜喜地聚餐。哥林多前書十一章講到有些人未適當地分享用餐（包括記念主的死的聖餐）所產生的問題。

在一起吃飯固然重要，但是我們發現提供一些指導方針和合宜模式也頗有幫助。一般來說，我們的聚餐都是簡單的愛宴，就是一人帶一道菜。

Small is big

如果小組在晚上聚會，上班的人也可以順路買現成的帶過來。如果我們的小組裡有正在努力維持生計的家庭，我們就讓他們把剩餘的打包帶回家，這是一種不著痕跡地幫助他們的方式（有時甚至刻意準備多一點，好讓需要的人有足夠的食物可以帶回家）。偶爾辦慶典崇拜活動時，網絡中的簡單教會（或教會領袖）一起聚會時，也會有愛宴。

一頓飯也是分享聖餐的一種非常自然的方式。這頓飯中的象徵部分——擘餅和分杯——只需要視為一種儀式就好，就像我們聚會時間中的其他層面一樣。聖經中沒有任何一處提到它需要由受過特別訓練或穿正式服裝的人來特別隆重地進行。我們鼓勵聖餐作為一個專注反思主已為我們成就之事的時刻。有時候，我們會要求每個人從桌上的麵包中拿出一片，然後找其他幾個人一起分享，並為他們禱告。可能是一家人聚在一起分享餅和杯，或一群朋友會拉上一個新朋友，一起記念基督在十架上的死。

禱告

禱告是使徒行傳二章42節中簡單教會的第四個要素。我們有時會請需要禱告的人坐在「熱座」上，其他的人都按手在那人身上為那人的需要禱告。禱告中，有人可能會分享先知性的話語或畫面，有人可能會分享一節經文。我們發現這種禱告能改變生命！

其他時候，我們把十到二十人的聚會分成三到四個人的小組進行禱告，以確保每一個人都可以輕易地參與禱告。

再一次，我們發現葡萄園教會創始人溫約翰的教導在這方面很有幫助。他教導說，信心的拼法是R-I-S-K（風險）。大膽地祈求具體的回應可能是一個風險，但是我們發現，當我們憑信心跨出去，就會能看見神奇妙的回應。

　　任何人都可以學習使徒行傳二章42節這四個要素的簡單、基本模式。只要信主幾天的信徒就能運用這些模式，帶領一群朋友查考聖經，一起享受團契時光。如此，小而簡單的教會就可以迅速倍增。

1. 參見DVD《When You Come Together》可在www.house2house.com購買。

2. Frank Viola, *Gathering in Homes* (Gainesville: Present Testimony Ministry, 2006), 29–31.

3. Academic Skills Center, "Active Study," Dartmouth College, http://www.dartmouth.edu/~acskills/docs/study_actively.doc.

4. David Watson, CPM Awareness videos, http://feeds2.feedburner.com/cpmtr.

第 **11** 章
踩著聖靈的鼓聲前進

當我們還在我醫學院教會時，有時在一起的時光很難捱；似乎神從頭到尾都沒參加。聚會不時出現長長的沉默，不是因為我們沉醉在祂的同在中，而是因為我們暗自希望有人能做些什麼或說些什麼！有時毫無起色，就結束聚會各自回家了。但是，經過幾個月的聚會之後，漸漸地，神的同在越來越真實。我們學到隨從聖靈帶領的重要性，我們時常經歷聖靈以令人驚奇的方式帶動整個聚會。

有時主的同在如此真實，以至於整個聚會在敬拜中度過。記得有一段時間，我們在讀尼希米記，某一週我們來到本來是非常枯燥的段落，就是負責重建耶路撒冷城牆的各段落人員清單。本來很可能會輕輕帶過，直接進到下一段比較有和生活相關、比較發人深省的經文。但不知怎的，聖靈解開這段經文，當大家一個接一個分享時，在場每一位都越來越興奮，因為神正在對我們說話。透過這段經文，聖靈教導我們，基督身體裡的每一

個肢體都亟需站到各自的崗位上。那次祂的運行實在令人難忘，多年後大家仍歷歷在目！

我們在這些年裡所學到的東西，構成我們現在聚會內容的基礎。理解我們聚集的時光最相關的經文是哥林多前書十四章26節：「你們聚會的時候，各人或有詩歌，或有教訓，或有啟示，或有方言，或有翻出來的話，凡事都當造就人。」

當我們搬到美國並終於得以開始一間簡單教會時，我們就下定決心要活出這段經文。在聚會中，人們不會坐在觀眾席上，而是所有人都會被積極吸引進來參與。頭兩年，在這個教會裡沒有人看到或聽到「講道」。聚會中的一切，包括任何教導在內，都是以高度互動的方式進行。有時幾乎不可能弄清楚誰在帶聚會，但這不要緊，重要的是耶穌被視為聚會的中心！

我們相信關乎天國的一個最重要的概念是，信徒皆祭司（參考彼得前書二章9節）。每個成員都很重要，簡單教會的好處之一就是，聚會是開放的時光，每個人都能把心中的話說出來。典型的聚會（有這種東西嗎？）包含一頓飯；也可能包含敬拜——唱詩歌、讀經、讚美——然後聖靈可能賜給某人一段預言或一個畫面／異象，聚會可能因而走向不同的方向：深入討論，服事有需要的小組成員，分享本週所學習到的，或者為我們想要建立一間新教會的地區禱告——有無窮的可能性。有時，這一切都發生在餐桌旁。有時，大家吃完飯在客廳裡隨意坐著時，就發生了。在聚會時光的每一階段，我們都在學習跟隨聖靈。

在這類公開聚會中跟隨聖靈，往往是從分享主給個人的教導起始，讓屬靈恩賜開始流動，鼓勵彼此禱告和互相敞開。哥林多前書十一至十四章關於聚會性質的教導中，包含第十二章談論聖靈恩賜的著名經文，是把恩

賜擺在一個實際可運作的環境背景中，再以十三章說明一切都需要浸透在愛裡，這都並非湊巧的啊！

在聚會中大家一起跟隨聖靈是一種冒險，我們發現主的作為是沒有局限的！祂知道我們生活中正在發生什麼事，如果我們讓祂動工，祂會觸摸並改變我們和周遭世界。

有時人們會想究竟聖靈是怎麼引導聚會的。我們發現如果我們充分參與在所發生的事情中，那麼大家同時自然想到的事很可能正是出自聖靈。例如，如果有人在禱告中向神發出讚美時，你心中浮現一節經文或一首詩歌。很有可能，那個想法是從聖靈來的，你應該把它分享出來。聖靈在穿針引線，而你要一直設法跟隨祂的牽引。

如果我們在日常生活學會聆聽神的聲音，就會在聚會時熟悉神的聲音。畢竟，祂的羊認得祂的聲音（參考約翰福音十章3～4節）。

由於神是有創造力的，所以我們也要期待聚會的多樣性：屬靈恩賜如說預言、禱告、屬靈的洞見和異象。我們學到不要擔心犯錯。就某種意義上說，每次聚會都是一個工作坊，學習的最佳方式就是冒出錯的風險。

你可能想知道進行簡單教會，是否必須走「靈恩」路線（說到靈恩，我們指的是那些經歷過「聖靈充滿或受聖靈洗」的人，通常是在信主之後。有這種經歷的人常會運用哥林多前書十二章所提及的屬靈恩賜）。簡單教會，就像其他類型的福音派教會一樣，在這個問題上採取不同的神學立場。但一般情況下，是不會加以討論的。此外，我們所認識的一些最蒙聖靈引導的人，都不會把任何靈恩的經歷掛在嘴上。我們常常聽說他們運用屬靈恩賜，即使他們並不說那叫屬靈恩賜。例如，一個靈恩派的人會講「預言」：「……」而沒有這種特別經歷的可能會說：「我想神是在說……」或「我腦海中浮現一件事……」在我們的經歷中，神似乎使有無

靈恩經驗的信徒之間的區別越來越模糊了。我們自己的經驗是，神樂意用祂的靈充滿祂的子民，賜給他們屬靈的（超自然的）恩賜，這些恩賜不僅常用在我們聚集時，也用在日常生活中。

如果讓你來作引導人，聚會一開始你可以先請大家分享最近神在個人生命中如何做工。以這個邀請作跳板，進而讓大家分享聖靈放在他們心上的一首詩歌或一段經文。聚會繼續進行的同時，要留意並專注於聖靈所做的事。好比說，如果有人說出一個需要，主可能想要大家為此禱告。這時你可以問大家：「大家認為神想讓我們做些什麼呢？」有人可能會建議：「讓我們圍在她身邊禱告吧！」如果有人分享一件值得讚美神的事情經過，另一人可能會有一首歌浮現心中，表達出對神的讚美。一般來說，除非有什麼正好和正在進行的水流是相反的，否則你都可以把它看作是聖靈的運行。鼓勵人們參與聖靈正在進行中的工作。多半的情形是，有一主題浮現，所有人都很清楚神在對大家說話。

一旦我們向耶穌的同在敞開心扉，祂就與我們分享祂的心意，當我們聆聽祂時，祂就吸引我們更靠近祂，並引導我們朝著祂為我們計畫的方向前進。就好比我們是管弦樂團的樂器，每件樂器都有自己獨特的音色。聖靈是樂團指揮，當我們個別演奏祂給我們的旋律時，祂創作出一首交響曲。

等候神的模式無法組織和計畫。它不能變成程序。它是自發的，自然的，而且帶來生命。

讓我們來描述我們最喜歡的聚會之一——也許不是典型的，卻令我們津津樂道。那間新成立的教會位於鎮上較不富裕的一區，信徒都剛信主不久。

聚會地點在一處小公寓，大概有二十個人吧——把樓梯、廚房、客廳

都擠滿了。我們吃過飯，剛把食物和盤子都收拾乾淨。突然間，外面傳來騷動的聲音——有人提高嗓門咒罵。我們當中一個成年人出去查看情況，發現是兩個孩子起爭執而且打起來。「先動手的」被拖到臥室，但有二位他的親人卻對這樣的處置不認同。吵架的事情最終平息下來，其他的孩子也在一些人協助下，在外面安頓好，大人們坐下來。可是整個氣氛，用最保守的說法，是有點緊張！

「當你恨某人時，你會做什麼？」與情況最切身相關的一位初信者之一脫口而出內心的疑問。這是聖靈在引導我們去查考這個主題嗎？沒錯！所以我們花了一些時間查考基督徒如何處理仇恨的經文，意見不同時怎麼做，以及一些教養孩子的原則。經過一小時滿有成果的討論，也聽了好些人分享耶穌在這方面如何幫助他們的見證，然後大家開始禱告。當然，我們要為討論中提到的事情禱告。這又是聖靈引導嗎？當然！我們圍在那些想要被禱告的人身邊，所有人（不只是「成熟的」信徒）都個別為每個人禱告，按手在他們身上，請求神在這些領域上幫助他們。整個氣氛滿有耶穌的同在，聖靈在我們生命中動工。

然後我們請孩子們（八個或十個）回到我們當中。他們很喜歡唱詩歌敬拜，每個人都有一兩首最喜歡的詩歌，唱得響亮又走調，卻是非常真實而真誠。當我們唱「向主歡呼」時，費莉絲睜開眼睛，看見兩個大約八、九歲的男孩緊閉雙眼仰起頭，全心地唱詩敬拜。

那晚聚會可能有點亂七八糟的，但我們仍不免這樣想，會不會我們的主更加喜歡祂的身體用這種簡單的方式表達，而非我們的專業演出或舞臺秀。

第 12 章
大抗命

數以百萬計的人正朝向簡單教會移動。但在西方,目前的現況是,此類增長主要是由基督徒從傳統教會轉到簡單教會的結果。當然也有顯著的例外,但我們還不能將這裡發生的情況描述為神國的實質淨成長。然而,我們確實相信,藉由這項移動,神正在預備和裝備平凡人去把大豐收帶進來。事實上,跡象顯示,這種情況已經開始發生了。我們已經繼續不斷地聽到故事,平凡的信徒走出他們簡單教會的四面牆外,接觸未信者,帶領他們信靠基督作主門徒。例如,我們有個朋友每週留出一天來傳福音。早上他禱告求問主那天他應該去哪裡找人談耶穌,一感到神告訴他去做什麼,他就全力投入。有一次,在穆斯林開的一家商店裡,他發現自己跪在他們的禱告墊上,祈求神賜福給這個家庭和生意。這個家庭很高興地接受這份祝福。

有意思的是,其實耶穌並未吩咐祂的信徒去建立教會。在所謂的大使

命中，祂吩咐我們要帶人作門徒：

> 天上地下所有的權柄都賜給我了。所以，你們要去，使萬民作
> 我的門徒，奉父、子、聖靈的名給他們施洗（或譯：給他們施
> 洗，歸於父、子、聖靈的名）。凡我所吩咐你們的，都教訓他們
> 遵守，我就常與你們同在，直到世界的末了。
>
> （馬太福音二十八章18～20節）

當我們去到屬靈黑暗的地方，耶穌的光和香氣就會充滿那地方。當我們影響一些失喪的人並帶領他們作門徒時，耶穌就建立祂的教會。

然而，在我們西方文化中，大使命（the great commission）很容易成為大抗命（the great omission）。大衛‧巴雷特（David Barrett）和陶德‧強生（Todd Johnson）在《普世基督教趨勢》（World Christian Trends）中指出，基督徒普世宣教工作花在每一個受洗的初信者的平均總成本為三十三萬美元。在美國，每次洗禮的花費高達150萬元美金[1]（這個數字反映了教堂建築，工作人員，神學院訓練等等的費用）。可悲的是，平均每間更正教教會一年只帶一、兩個人歸入基督名下。可我們都知道一些教會每年帶領信耶穌的總人數有幾百人，這意味著，實際上有些更正教教會可能一整年帶不到一人歸信基督！怎麼回事？

在神國實質淨成長的國家裡，教會繁殖的特點之一就是盡全力於傳福音。在許多國家，人們為了傳福音付出高昂代價，被毆打，被關進監獄，甚至喪命。然而，他們認為為福音受苦是一種特權（參考使徒行傳五章41節）。相較之下，我們西方的基督教顯得缺乏活力。

使徒行傳第八章告訴我們，司提反死後，教會受到極大的迫害，門徒

都分散了。又接著說：「那些分散的人往各處去傳道。」（使徒行傳八章4節）如果我們想成為快速增長的教會繁殖運動的一分子，我們必須願意跟隨耶穌去收割莊稼，縱使自己的生活受到影響而有所不便。如果沒有大量而有目的的傳福音，就不大可能看到我們渴盼的增長規模，亦即在世界其他地區的已成常態的增長。有個原則是真的：少種的少收，多種的多收（參考哥林多後書九章6節）。

我們渴望一個容易融入的教會——不僅在地理上，更在文化上和社會上——對每個國家和每個城市的每個人皆然。我們希望看到基督的身體呈現在每個鄰里、公寓住宅、退休中心、學校、大學宿舍和辦公大樓之中。但在每一個群體和次文化中的耶穌家庭，需要有貼切的表達方式，才能吸引人加入。這要如何實現呢？

在馬可福音一章17節中，耶穌呼召兩名專門打魚的，就是彼得和安德烈，來跟從祂：「來跟從我，我要叫你們得人如得魚一樣。」當我們跟隨耶穌時，祂會教導我們如何有效地傳福音給失喪人。

你們要去

馬太福音二十八章18節首先宣告一切權柄都屬於耶穌。祂有權柄制伏污鬼和疾病，並且祂已將這權柄賜給祂的門徒，讓他們可以奉祂的名能醫治疾病、趕逐污鬼（參考馬太福音十章1節）。我們在這裡談的不是軟弱無力的福音。

大使命說「你們要去」（或者更準確地說「你們要持續地去」）使人作門徒。然而，我們卻不去，反倒要求人們來！來教會；來參加我們的特會。符合聖經的做法是，我們要帶著天國進入職場。

如果我們要求未信者來我們的教會，又要他們做一些對他們來說非常

陌生的事。我們期待他們唱他們不會唱的歌，聽一段獨白，其中概念可能根本還不了解，還要他們將生命獻給他們還不相信的神。讚美神，有一些人在這種情況下居然跟從了耶穌。但是，耶穌總是打發門徒去人群中（參考路加福音九章2節，十章3節）。當我們「去」，而不是要求人們來，就是邁出第一步，離開我們的舒適區，跨越文化的障礙。

保羅明白這一點：「向什麼樣的人，我就作什麼樣的人。無論如何，總要救些人。」（哥林多前書九章22節）

遺憾的是，許多基督徒沒有未信主的朋友。他們生活在自己開闢的基督徒隔離區；所有「真正的」朋友都是教會的朋友。他們害怕與「外人」混在一起，因為害怕被他們的罪污染，或者擔心自己的信心不夠堅定，無法抵擋誘惑。但是，如果我們不進入「罪人」出沒的地方，要怎麼接觸他們？我們的朋友高紐爾（Neil Cole）[2]說得好：「基督徒得學會坐在吸煙區。」

最近有研究證實，跟從基督的人多半並沒有專注於將他們的朋友遷移到神的國。巴拿研究中心針對全美國重生得救的基督徒進行的一項調查顯示，基督徒中只有五分之一與非信徒培養友誼，為的是有機會將基督裡的信仰分享給他們。

耶穌常被稱為「罪人的朋友」（馬太福音十一章19節），與「名聲不好的罪人」打成一片（參考馬太福音九章10節；馬可福音二章15～16節）。 當一個妓女用眼淚洗祂的雙腳並用頭髮擦乾時，耶穌並沒有迴避（參考路加福音七章36～50節）。耶穌似乎只對一種人感到不自在，就是法利賽人——是耶穌那時代固定上教會、相信聖經的正人君子。

去接觸那些還不認識耶穌的人有許多不同方法，但只有一個主要原則：把那些人擺在最優先的位置。你可以從加入一個投身於共同興趣的社

團或當地組織開始（請上網站http://www.meetup.com）。如果你是家長，就去結識你的孩子的朋友和他們的父母。求問耶穌，祂會告訴你方法的。高紐爾有個小故事，有段時間他在長灘，和他的小組計畫開設咖啡館。他們認為這是一個結識新朋友的好辦法，但是當他為此禱告時，高紐爾感覺到主對他說：**這個地區已經有很多很棒的咖啡館，裡面有很多不認識我的人聚集，為什麼你還要再開一家咖啡館？**於是高紐爾和他的小組開始泡在當地的一家咖啡館裡，那裡有很多拜撒但教和行巫術的人。幾個月後，他與那裡的人們建立了牢固的關係，很快這些人就信了耶穌。

作門徒

大使命告訴我們要帶人作門徒，這絕不只是「決志」或「作得救禱告」就好。神要的並非皈依，而是門徒。神要找的是生命徹底改變，全新的生活方式。我們往往因有人作「認罪的禱告」就感到滿足。但耶穌說，愛祂的歸信者就會遵守祂的誡命（參考約翰福音十四章15節）。真正的悔改意味著生命翻轉，結出生命蛻變的果實。

向萬民傳

大使命告訴我們要使萬民（族）作門徒，但是我們對於什麼叫帶領一個族群歸主，沒什麼概念。如果我們看到一個人信耶穌，就很興奮了！什麼叫一個「民族」？在這段經文中使用的希臘字是*ethne*，英文的「族群」（ethnic）這個字就是出自這字源，意指具有獨特文化的一群人——有他們自己的風俗、語言和世界觀，顯然，不同國籍的人可稱為不同的族群，但同國籍的不同類型的社會群體也可稱為族群。例如：滑板玩家，有他們自己的服裝、用語和生活方式，外人難以融入。任何城市都有許多這

樣的群體──購物中心老鼠（mall rats，指在購物中心閒逛的青少年）、藝術家、低收入戶住宅區的群體等等，名單可以無限延伸。在我們自己的城市裡，只有中產階級的白人家庭（或許還有華人）才有足夠的教堂（會）來表現他們的文化。其他族群基本上是福音未得族群。例如，我們城市有五成人口住在複合式住宅區，其中95%是不上任何教會的。

奧斯汀市的德州大學（University of Texas in Austin）進行的一項調查確定了校園內由學生組成的次團體約有五百個。好比說，住在某宿舍唸藝術的次團體，從印度來攻讀電機博士的次團體。這項調查是由校園更新事工進行的，該組織協助全美許多大學的學生福音事工彼此合作，並訓練學生在每一個次群體內部建立「宣教型社群」，他們的目標是為每一個確認出的次團體建立一個宣教型社群。到2008年底，在德州大學已建立兩百多個這樣的團體。

怎樣看出一個族群已經成為門徒呢？要看該族群或次文化不斷倍增出新的教會，而且教會是由自己培養出來的（本地）領袖帶領，幾乎不需要外來協助。

使徒行傳記載個人信主的例子非常少，通常是全家歸主（參考使徒行傳十章24節，十六章15節）。我們發現，服事一個團體較為容易，無論是一個家庭還是一群朋友。通常一整群人會一起成為門徒，他們也比較容易形成社群（例如一間簡單教會），因為他們已存有強固的關係！相較之下，將人一個一個領進一個團體，然後期望他們敞開心分享生命，比較不容易。沿關係線繼續傳福音也比較容易。從我們子女的朋友圈拓展出的教會，已經帶領一整群人都信主了。

洗禮

大使命也告訴我們要為初信者施洗。在新約聖經，人們在悔改並將生命獻給主的同一天受洗。五旬節那天，三千名初信耶穌的信徒立即受洗（參考使徒行傳二章41節），我們相信這裡有個重點。宣教界的發言人喬治・派特森（George Patterson）認為，延遲洗禮會減緩甚至扼殺一個迅速倍增教會的運動。有時有合理理由延遲洗禮，像是疾病，或在某些文化中，等待其他家庭成員成為信徒。重點是，不可將洗禮視為靠行為獲得的（比如要參加完初信課程，或過「正確的」生活方式達一年以上），應在信主後盡快接受洗禮。我們相信洗禮絕對不只是向親朋好友作見證而已，而是從黑暗國度遷入光明國度的「入會儀式」。這是進入一生順服耶穌誡命的第一步。一個人受洗時，在天上會有具永恆意義的事發生。

根據這個大使命，這個帶人作門徒的人應該為那位初信者施洗。不必非找到一個特殊的洗禮池不可。衣索匹亞太監說：「看哪，這裡有水，我受洗有什麼妨礙呢？」（使徒行傳八章36節）我們曾用浴缸放熱水，甚至只有冷水，為人施洗過！

看其他文化對於接受洗禮的人作何反應，滿有意思的。我們常看見，其他宗教背景的家庭很少或根本不反對某人信主。但是，如果這個人宣布打算要受洗，全家人往往變得非常生氣不安。顯然，撒但明白洗禮的重要，並且害怕那位初信者將因此積極順服耶穌所吩咐的一切。

教導順服

大使命指示我們要教導新門徒，從一開始，一旦他們明白了耶穌要他們做什麼（無論是從神的道，或是從他們心中聽到主的聲音），就要照著去做。他們將在這個基礎上，一生與主同行。

喬治‧派特森說，耶穌的一切吩咐都不出這七個基本的命令：3

‧悔改、相信、受聖靈

‧受洗

‧愛神，彼此相愛，愛你的鄰舍，愛你的敵人

‧擘餅

‧奉耶穌的名禱告

‧施捨

‧使人作門徒

積極的門徒會帶領更多的人作門徒，然後重複整個循環（參考約翰福音二十章21節；提摩太後書二章2節）。

對初代門徒來說，大使命不是可有可無的額外任務。現在是我們走出基督徒庇護所的時候了。正如羅馬書十章14節所說：「沒有傳道的，怎能聽見呢？」我們不一定是佈道家，但我們都能見證祂在我們生命中所做的一切（參考使徒行傳一章8節）。耶穌的生命在我們裡面，如果我們求主賜下機會使我們與他人分享耶穌的生命，祂必樂意回應這個禱告。

我們可以用很多不同的方式開始這個領人作門徒的過程。以下是我們依據自己經驗提出的一些點子。

‧把在你的影響圈裡的人拉在一起。前面談過我們把商場上有往來的人邀來形成小組。這個小組一開始有請十幾位來我們家一邊吃披薩、一邊探討企業經營原則。雖然他們中間沒有一個是活躍的基督徒，而且大多數沒有去教會的經驗，但我們還是用箴言作為我們的教科書。後來這批人形成我們草創的教會的核心。

- 關注你的孩子和他們的朋友，然後擴及他們的父母。我們彼此建立了一群由青少年和二十幾歲的年輕人組成的教會。

- 看看你的鄰居。在我們參與的一個家教會裡，有一對夫婦邀請了一些住附近的家庭加入在他們家裡的教會。因為這對夫婦已經和鄰居建立深厚友誼，所以很多受邀者都願意來。他們當中原先基督徒不多，但因著他們在這對夫妻的家中感受到了團契的溫暖和歸屬感，他們就留下來，繼續地參與。

- 考慮到老年人或住在安養機構的人。費莉絲曾與當地一家退休人員養護中心的活動主任聯繫，詢問是否能為居民辦一個聖經研究班（用**教會**一詞，可能太具威脅性）。主任欣然接受這個點子，加以宣傳，安排場地，很鼓勵大家參加。住在那裡的人也很喜歡，願意參與，甚至幫忙帶聚會。

- 在職場傳福音。我們的一位朋友剛信主，他請求他的雇主允許在工作場所使用一個房間進行禱告和查經。其他人很快加入他。

- 尋找擴展並形成新教會的途徑。我們很早就學會不可自動將新來者混入既有的小組中。有一對夫婦來聚會幾個星期後，就覺得他們其實可以在家裡為他們常接觸的人進行同樣的聚會，結果第一次聚會就有大約十位非基督徒成年人，還有十幾個小孩子參加！

- 考慮伴隨著主流教會建立簡單教會。有一個家庭，他們是一個主流宗派教會的會友，他們覺得需要多接觸同宗派內其他已不上教會，但仍然希望信仰活躍的會友。他們在週間聚會，同時在星期天繼續支持他們所屬的教會。

在所有這些例子中，我們主要的服事對象是未信者或很久沒有去教會的基督徒。在教會外有很多人尋找像這樣的聚會。不需要說服已在傳統教會內快樂滿足的基督徒來加入我們。

任何人都可以參與領人作門徒的工作。每個人都可以接觸他或她的朋友，這是簡單教會DNA不可少的部分。有些人有開拓教會的恩賜，而且很可能會將開拓出來的教會交給有能力牧養照顧的人，自己再去開拓下一間教會。沒有理由說，一個人不應該同時參與一間教會以上的拓殖。我們曾在某個階段同時參與六個新的簡單教會。

神也在其他國家以鼓舞人心的方式動工。我們在印度的時候，許多人——從牧師傳道到初信者，從十幾歲的女孩到年長的男人，從有博士學位的到不識字的——分享他們所經歷的教會拓殖。有些人已經建立了好幾間教會。所有參與這場運動的人的共同之處，不是學識淵博，而是他們對耶穌和周圍的人有很深的愛。

香提（Shanti）是漁村社區的女祭司，服侍財富女神。從小她就在當地的廟宇花很長時間服侍那些神明，她的靈性備受當地人尊敬。有一天，她有個剛信主不久的兄弟送給她一張耶穌受洗時聖靈像鴿子降在祂身上的圖片。香提就把這張圖放到她的神龕裡，跟其他的神像一起拜。

幾天後，當她在膜拜那幅圖像時，忽然明亮的光充滿整個房間。好幾個小時，她沉浸在永生神的同在中。當她意識到耶穌是她正在尋找的那位時，她的生命改變了。她與她的兄弟分享這件事，他向她說明如何藉著基督的救贖工作成為基督徒。

當香提宣布棄絕她的偶像時，不但被當地印度教祭司毆打，還被丈夫趕出家門。她一無所有，無家可歸，此後六年靠乞討維生，沒有東西可吃的時候，就花很多時間禱告禁食。

六年之後，神挑戰香提，每天至少供應食物給十個人，儘管她自己只是個乞丐。從這個不幸的起點，就在她被趕出當地神廟的村子裡，她開始帶領一群願意跟隨耶穌的人建立教會。當我們遇見香提時，教會人數已經增加到二百人了。今天，約有五十名年輕人每週都跟她一起巡迴周圍的村莊，分享耶穌在他們生命中所做的事。

而在我們分享的兩週特會中，香提的小組已開拓了六個新的教會。哇唔！我們還有什麼藉口？

 註

1. David B. Barrett, Todd M. Johnson, Christopher Guidry, and Peter Crossing, *World Christian Trends, AD 30 to AD 2200,* (Pasadena, CA: William Carey Library, 2001), 520–29.

2. 高紐爾是教會倍增協會（Church Multiplications Associates）的創辦人，該協會透過「溫室訓練」計畫（Greenhouse Trainings）作門徒培訓和領導力訓練。他曾寫過幾本很棒的書，包括*Organic Church* (San Francisco: Jossey-Bass, 2005), *Search and Rescue* (Grand Rapids: Baker Books, 2008), 以及*Organic Leadership* (Grand Rapids: Baker Books, 2009).

3. George Patterson, "Basic Commands of Christ," Mentor and Multiply, http://www.mentorandmultiply.com.

第 13 章
路加福音
第十章的原則

直到最近，在美國簡單教會的驚人增長主要發生在已經信主的人中間。然而，現在這些信徒中的許多人開始向他們的社區和影響圈傳福音。不久，我們相信我們將開始看到我們都渴望的──神國新門徒的真正倍增。

舉個例子，最近我們在紐約的朋友傑瑞德・魯尼分享一個見證：

幾天前，我坐在布朗克斯區西邊的麥當勞，我在那裡有一個青少年小組聚會，我們一起消磨時間也討論基督信仰。我們的討論總會很快深入集中在某個重點，從贖罪到性到門徒到教會，到洗禮等等。每個人都參與思考和提問，討論進行到一個點上，其中一個青少年說：「我相信神，但我不喜歡去教會。」他的肢體語言為他的陳述打了一個驚嘆號。我覺得這很諷刺，因為他幾乎

每星期四固定出現在我們這個查經班中。其他青少年中的一位聽出話裡的矛盾，很快作出反應：「那我們這個叫什麼？」

我插話並解釋說，不一定要排排坐，聽一場冗長的講道，才叫教會。但我也指出，我們沒有把這個在麥當勞的聚會稱為「教會」（尚未）——主要是因為他們還沒有把自己的生命獻給基督。根據我的邏輯，你需要幾名委身的基督徒，才能夠跨越門檻，開始成為一個「教會」。[1]

幾年前，美南浸信聯會國際宣教部注意到一個新趨勢。越來越多在工場上的宣教士報告教會數目以前所未有的速度倍增的見證。他們給這個現象命名為「教會繁殖運動」，並定義為「教會繁殖就是本土教會快速地拓殖倍增，擴及整個族群或人口中的某個類別」。[2]

當他們進一步調查時發現，每一份報告都有類似的線索：大部分增長似乎是從初信者來的。他們也研究這些運動有無任何共同的特徵，結果發現了十個原則，包括禱告，大量的佈道，以及教會主要是在家中聚會，並由非聖職的平信徒帶領的。[3]

多年來，我們有幸遇到許多參與教會繁殖運動的領袖，有幾位跟我們分享說，他們的宣教原則主要是依據路加福音第十章。

在路加福音第十章，耶穌為我們提供一個為了傳福音而需要跨越文化的例子。我們相信這些也許是推動教會繁殖運動遍及全球的，最令人興奮的原則。當人們在西方運用這些原則時，並非遵循一套技術，而是回應聖靈從這些經文所帶出的真理，他們同樣也可以看到有人成為門徒、有教會被建立起來。[4]

讓我們來講解路加福音第十章的頭幾節經文內容。

相信神會提供策略和工人

這事以後，主又設立七十個人，差遣他們兩個兩個地在祂前面，往自己所要到的各城各地方去。　　　　　　（路加福音十章1節）

耶穌對這地區有一套策略──就像祂對你們的地區有個計畫一樣。門徒的工作就是遵照祂的指示去做。當你期待聽見祂說話，祂就會告訴你去哪裡，你的工作就是回應祂。祂差遣門徒去祂計畫要去造訪的地方。如果耶穌差你去某個地方，你可以有把握相信祂必伴你前往。請注意，路加福音第十章的策略有一部分是，把門徒兩個兩個地差遣出去，而不是單獨一個人、也不是龐大的團隊。

基督徒經常抱怨他們的城市或社區很難傳。耶穌卻說問題不在於莊稼；莊稼已準備好了。

就對他們說：「要收的莊稼多，做工的人少。所以，你們當求莊稼的主打發工人出去收他的莊稼。」　　　　（路加福音十章2節）

耶穌明確地將問題定義為缺少工人。在這段經文中，我們看到耶穌差去出三十六個拓殖團隊，但還是不夠。祂說這個問題的解答是，要祈求神差出更多的工人。同樣地，今天我們可以求神差更多工人去收割莊稼。

有時候，我們以為需要按特定的順序做事：首先設立我們的簡單教會；接著開始互相了解；然後，當這個小組成熟了以後，就可以出去收割莊稼了。[5] 但在現實中，這些事可以而且應該同時發生。不一定要等到我們以為的「充分準備好」以後。耶穌告訴我們現在就去：

103

你們豈不說『到收割的時候還有四個月』嗎？我告訴你們，舉目向田觀看，莊稼已經熟了，可以收割了。

（約翰福音四章35節）

路加福音十章2節裡的「打發」，這個字其實有暴力成分在內，跟「趕逐」污鬼的「趕逐」是同一個字。我們要向神哭泣呼喊，懇求祂實際地把工人們趕進禾場收割莊稼。

還有另一點更微妙，稍後查考路加福音十章5至6節時會再細談。門徒都要祈求主打發更多工人去，但不只是祈求有更多像他們這樣的拓殖工人，也祈求要在那個禾場能有一位「平安之子」成為工人。得著新群體的這個關鍵人物「平安之子」，甚至可能還不是基督徒喔！

早在2002年，約翰‧懷特（John White）和肯尼‧摩爾（Kenny Moore）就在討論用什麼方法在本州開始教會繁殖運動。他們探索這個主題時領悟到，耶穌已經在路加福音十章2節提供鑰匙了，於是他們決定進行一項實驗。每天他們都會在電話裡一起用這段經文禱告。碰到無法在電話上一起禱告的日子，就改用留語音信箱的方式祈禱。

就像路加福音十八章中的寡婦一樣，約翰和肯尼堅持而具體地請求神派工人去收祂的莊稼。他們就這樣持續禱告，然後開始看到事情發生。肯尼在所屬宗派中是他那一州的教會繁殖負責人，他和約翰開始一起禱告以前，平均一個月才會收到一個人和他聯絡，討論有關拓殖的事。但自從他們開始禱告以後，幾乎每一天都會有人來聯絡，想討論拓殖教會的事。最近八個月以來，肯尼看到了一百多個簡單教會設立，還有二十多個比較傳統的教會成立。現在他說，這樣的禱告是他唯一的教會繁殖策略。

肯尼和約翰把這個祈禱命名為「10:2b病毒」，他們正在想辦法讓他們

所遇到的每個人都感染到。如今,在全國各地都有人每天一起在電話上用10：2b來禱告。你何不成為這流行病的一部分？[6]

如果你沒有看到莊稼已經熟了,可能是找錯地方了。根據耶穌所說,有病的人才需要醫生(參考馬太福音九章12節)。比起在郊區怡人的中產階級區尋找,到貧困落後的地方或許更容易找到接受福音的人。那些有需要並尋找解答的人,更容易對福音有反應。

在許多教會繁殖運動中,拓殖者的關鍵戰略之一就是行走禱告。他們常常走在他們感覺耶穌差他們去的地方的街道上,為住在那裡的人禱告。他們在禱告中祝福該城市裡的人和公共服務單位(如警察局、教育體系等),他們為該地區的罪惡懺悔。他們辨認出該地區的問題,並以禱告與其背後的黑暗屬靈權勢爭戰。這是為福音開疆闢土的禱告。

一位住在印度的朋友決定測試禱告行走。他挑選兩個欲前去建立教會的村莊,在一個村莊裡行走禱告,而另一個村子卻故意不禱告。幾個月後,那個有行走禱告的村莊,已有四十五個家庭信主,而在另個村子,他被趕出去!

信靠神的保護

你們去吧!我差你們出去,如同羊羔進入狼群。

(路加福音十章3節)

羊無法自我保護,唯一的保障就是牧羊人。當你出去,保護你的是耶穌,你的牧者。幾年前我們以非常真實的方式面對這種情況,當時我們的女兒,貝琪,問我們是否願意讓她去本市的俱樂部酒吧區工作。

她說：「我真的覺得這就是神要我做的事。」我們直接的反應是擔心貝琪的安全，接著是一個同樣尖銳的問題：「其他基督徒會怎麼想？」我們必須相信耶穌會保護她，我們決定，既然耶穌是罪人的朋友，我們就不管別人怎麼想了。我們學會，當我們信靠神時，祂會賜福與我們所做的工。在短短的幾個月內，貝琪就帶領幾個同事信主了。

在路加福音十章17至19節中，門徒很興奮地回報任務成果，因為當他們使用耶穌的名字時，鬼也服了他們。當你出去時，你可能會遭遇邪靈勢力，此時耶穌是你的保護就顯得更重要了。在路加福音十一章21至22節，耶穌告訴我們要捆綁壯士並搶奪他的財物。壯士就是魔鬼，牠的財物就是被擄的人。屬靈爭戰的時候，我們是把人從黑暗的國度拯救出來。

路加福音十章3節的羊的比喻中有另一個教訓是，表現出你的軟弱其實反而更容易吸引人到你身邊，因為他們感覺你比較親近，和他們是一樣的人。

相信神會供應資源

> 不要帶錢囊，不要帶口袋，不要帶鞋；在路上也不要問別人的安。
>
> （路加福音十章4節）

這麼做有幾個原因：第一，其實資源就在莊稼裡；你的供應來自你要去傳道得著的對象。聖經提示，去一個新的地方或群體設立教會，不一定要把所需一切都帶去。為了讓神的運行自然湧現，要信靠祂供應你一切需要，包括新的領導層也會從莊稼本身出來。第二，去的時候不帶任何資源，這樣你就學到倚靠耶穌作你的一切供應。

我們來自印度的教會拓殖朋友會告訴你，不帶資源就出去的另一個原因是：他們不打算留下來。他們意識到他們不是任何禾場的長期工人。神總是提供一位當地人來扮演這個角色——平安之子，我們在下一節經文中就會看到。

我們有時犯了一個錯誤，就是在一個群體裡待太久，造成那剛成立的教會依賴我們，以致領導權轉移給當地的人變得很困難。在一個地方停留太久也限制了我們可以開拓的教會數量。最好是迅速將領導權交給一位當地人，然後繼續門訓那人，直到他成熟到可以完全獨立作業。教會拓殖者的工作是作那位新興的本地領袖的良師益友，在聚會時間之外與他或她有密切的互動。

耶穌在這節經文裡甚至說，在路上不要停下來向人問安。這是一個好建議，尤其是當你發現自己在一個充滿敵意的環境中工作時。如果你讓你的眼睛專注在任務上，就不會因為跟錯誤的人交談而激起反對了。

信靠神引領你接觸「平安之子」

> 無論進哪一家，先要說：『願這一家平安。』那裡若有當得平安的人，你們所求的平安就必臨到那家；不然，就歸與你們了。
>
> （路加福音十章5～6節）

在這段經文中，耶穌要我們把平安之子找出來並祝福那人。至於誰是這位平安之子，你一定會認出來的，因為那人會邀請你到他家或是進到他的影響圈裡。當你進去的時候，你要致上你的祝福。要注意，你要去祝福，不是咒詛。基督徒往往傾向於表達對別人的不認同，很少去找各種方

法祝福別人。

蘿比・絲盧德（Robbi Sluder）找到了一種有威力的方式來祝福而不是詛咒。一個復活節的星期六晚上，她一邊準備女兒的復活節禮服，一邊聽詩歌。正聽到一首從抹大拉的馬利亞的角度所寫的歌，歌詞中說她遇到了復活之後的耶穌。突然間，蘿比意識到耶穌在祂復活後選擇顯現自己的第一人，以前可能是一名娼妓。為什麼祂不選擇祂的母親或門徒？她和丈夫因這事深受感動，於是開始了一項服事，就是去向本市「紳士酒吧」裡工作的娼妓和女孩傳福音。就是如今廣為人知、遍及全國各地的「抹大拉計畫」（Magdalene Project）。

平安之子是有名聲的人——有時是好的，有時卻是壞名聲——他的影響範圍很大。教會通常就從那人的家中開始。

這在今天的世界裡有可能行得通嗎？就以職場為例子，假設你剛開始一份新工作，幾週後，有一個同事對你說：「這個星期五下班後，我們有一些人要去喝一杯放鬆一下。想不想一起來？」這人正在打開他的影響圈讓你加入，這時你有兩種選擇，你可以說：「謝謝，可是我不喝酒。」或者你可以接受邀請，點一杯啤酒或一杯不含酒精的飲料（沒人會在意你選什麼飲料），成為那團體中受歡迎的一分子。

平安之子的原則在新約聖經裡有很清楚的實例，平安之子就是有名（好或壞的名聲）的人，他們對你傳的信息持開放態度。哥尼流，一位敬畏神的羅馬百夫長，以他對猶太人的慷慨而聞名，他邀請彼得和他的同伴們到他的家裡（參考使徒行傳十章）。同樣，在呂底亞的故事中，她聽到保羅傳的信息後開放她的家（參考使徒行傳十六章）。井邊的女人雖然名聲不佳，但她的見證為全村打開救恩的大門（參考約翰福音四章）。

享受神供應的接待

你們要住在那家，吃喝他們所供給的，因為工人得工價是應當的；不要從這家搬到那家。無論進哪一城，人若接待你們，給你們擺上什麼，你們就吃什麼。　　　　　（路加福音十章7～8節）

這段經文告訴我們不要搬來搬去，要固定住平安之子的家，吃喝所擺上的食物。這兩節經文都強調吃飯的重要性。

109

我們真正領悟到不要從這家搬到那家的重要性，是當某群體的平安之子是住在低收入住宅區時。原本我們很擔心讓她接待聚會造成她的負擔，所以我們選擇在另一個鄰居的家中聚會。這位鄰居已經信主幾年了，她的家舒適整潔，還播放輕柔的詩歌作背景音樂。但那次聚會很慘，平安之子的親朋好友無一出席。但當我們把聚會搬回平安之子家中後，許多人都來聚會，許多人找到主。

這節經文接著說：「給你們擺上什麼，你們就吃什麼。」這很重要，因為一起吃飯可創造關係。當你接受某人的款待，就意味著你接受那人和他或她的文化。有時你可能不喜歡他們提供的食物，但請務必吃下去，這很重要；如果你拒絕不吃，可能會被視為針對人的拒絕，而不僅是對食物的拒絕。

同樣重要的是，要注意，到目前為止，你還沒有以任何方式佈道或宣告神國臨近。你只是成為一個朋友。耶穌常受邀到別人家裡吃飯，甚至主動對撒該說要去他家！

信靠神會回應你的禱告

> 要醫治那城裡的病人，對他們說：「神的國臨近你們了。」
>
> （路加福音十章9節）

當你進入一個新社群時，要找機會讓人們與一位超自然的神面對面。而最能實現此一目標的莫過於祈禱蒙應允。

當你跟平安之子認識相交後，你可以問他或她有什麼擔心的事或需求？家裡有人生病嗎？是否有財務上的困難？是否有人際關係問題？工作上有沒有什麼狀況？一旦你確認那人的需求，就要擺上你的信心並禱告。然後看神如何回應你放膽祈求的信心。

很有意思的是，耶穌和使徒們常常以超自然的方式找到平安之子——通常是禱告後獲得戲劇性的回應，或聖靈大能的展現。

今天在世界各地都有信徒行在「啟示性佈道」或「權能佈道」之中，意思是他們刻意祈求神引導他們找到一個可為之禱告或傳福音的對象。信徒們照著他們心中的感動去為所遇到之人的特殊需要禱告。他們常運用哥林多前書十二章提到的屬靈恩賜，比方知識言語或說預言。他們看到禱告蒙應允，包括醫治（身體或情感上獲得醫治）和其他回應。

曾有一位朋友坐在公園的椅子上時，聽到主向她說有關身旁那位偶遇的女士的事情。她就轉身問那人說：「妳剛從精神病院出來，是吧？」結果那位女士真的是剛剛出院，她在醫院接受重度憂鬱症的治療，她覺得很失落，不知人生的路怎麼走下去。我們這位朋友說出的知識言語如此準確，令她十分驚奇，就開口談出她的恐懼和憂慮，使我們的朋友得以帶領她信靠耶穌。

用這種方式將神的國展現在眼前後，就很容易詢問平安之子是否有親朋好友可能有興趣聽聽看這一位能改變生命的神。突然間，你會發現自己正在與聖靈合作誕生另一間教會。

當主帶領我們在離我們家約二十分鐘的低收入住宅區開始一間教會時，我們聚集了一個團隊為這個地區禱告了好幾個月。我們在這個地區行走禱告，宣告它屬於神的國，雖然大多數的祈禱以個人的方式進行。

有一天，我們恰好開車到附近，臨時有感動決定停下來，再次環繞該地區行走禱告。我們特別求神讓我們遇到平安之子。我們一邊走路一邊禱告時，意外地下起一場傾盆大雨，我們趕緊和兩名婦女跑到屋簷下躲雨。交談中得知她們原來是一對姊妹花，她們問我們來這社區做什麼。

我們解釋說，我們在為這個地區禱告，並問是否可以偶爾過來為她們家庭的需要禱告。她們立刻同意了，所以在接下來的幾個星期，我們每隔幾天就去為她們禱告，每次只停留十五分鐘左右。不久，我們就看到非常具體的回答。當神顯現並回應禱告時，你就得著了傳講神國的權利！

不久，我們就明白，兩姊妹之一，羅莎，正是我們需要的平安之子。她有一顆像德州那麼寬廣的心，充滿愛心而且歡迎每一個人。我們的下一步就是讓羅莎邀請一些朋友和家人一起參加每週在她家中的聚會。她很快就成了基督徒，她的許多家庭成員也成為基督徒。我們在那住宅區裡又認識了其他幾個家庭，一年之內，羅莎的公寓每週都擠滿了人，三十到四十人擠在樓梯、地板、每個地方。鄰居們開始告訴我們，該地區正在發生變化，暴力行為減少，一些毒販已經搬走了。

另一個有趣的附帶好處是，對我們自己的孩子的朋友產生影響，那些青少年原本並不是基督徒，只是和我們一起去幫助比他們年紀小的孩子。這些青少年被他們所看到的深深觸動，而對於其中一些人來說，花在羅莎

家中的聚會時間成了他們自己走向得救之路的重要部分。

　　當你憑著信心跨出遵行路加福音第十章的原則時，必開始看見你所渴望的——新的門徒和教會繁殖在莊稼之中。

註

1. Jared Looney, post on LK10.com, http://lk10.com/component/option,com_ fireboard/Itemid,31/func,view/catid,20/id746/.

2. 此定義見《教會繁殖運動》及所附光碟「靈風巨浪」（由南美浸信聯會國際宣教部製作）。

3. 這方面的完整討論請參見大衛‧葛瑞森（David Garrison）的這本精彩好書。中文版《教會繁殖運動》由天恩出版社出版（_Church Planting Movements_, Midlothian, VA: WIGTake Resources, 2004）。

4. 一個很好的例子就是高紐爾（Neil Cole）和教會倍增協會（Church Multiplication Associates）正在做的工作。

5. 如欲深入了解這方面，請參見大衛‧葛瑞森的《教會繁殖運動》。

6. John White參與以下網站 http://www.LK10.com 為拓殖者提供一個「實踐的社群」，其中10:2b virus與他們事工的密不可分。

第 14 章
禾場的見證

最能把原則從理論化為實踐的，莫過於見證故事了。從頭腦到心靈的這條路很長，從心靈到頭腦就短得多啦！下面是一些直接從禾場傳來的見證，都是未經潤飾的成功故事。都是平凡人講述的真實人生，生猛又混亂，還有些讓人心痛的故事。

仔細閱讀這些真實故事，你會發現其中大多數都說明了路加福音第十章原則的實現。這些新設立的教會通常是建立在禱告的基礎上；多半有一位平安之子作為得著社群的關鍵；還有禱告蒙應允後，就打開了一扇傳講耶穌福音的門。

一小群流浪漢找到了耶穌有很重要嗎？對他們而言，意義重大！對一群年輕媽媽的家庭有意義嗎？隨著這類故事的大量倍增，就激勵其他人也起來回應神，去收割莊稼。

請閱讀和享受以下的故事吧！

二號桌的教會

比爾・霍夫曼（Bill Hoffman）寫道：

「你願意讓我們為妳禱告什麼事呢？」我問。眼前的女服務生立刻睜大眼睛，肯定地說出她的回答。那是星期二晚上，是我們弟兄問責小組固定在當地一家咖啡店聚會的時間。幾個月以來，我們都主動詢問服務生有沒有需要代禱的事情，所得到的回答多半很表面：「我的奶奶病了」、「明天我有一個考試」、「我男朋友需要一份工作」，諸如此類。但是，當「弗蘭」開始和我們分享她的問題時，就好像有人把一輛垃圾車開到我們的包廂前，把整車的垃圾倒在我們的桌子上。她女兒患了癌症，一個孫子生下來就有嚴重的問題必須就醫。她已成年兒子和他三歲的女兒從住的地方被趕出去（沒錢付租），她只好擠出錢來幫他們在附近找到一間公寓安頓，但是沒有家具，她兒子也沒有工作。她為了養他們做了兩份全職工作，但還是很快就陷入債務中。

「我們一定為所有這些事情禱告，」我答應她：「我們來看看我們還能幫些什麼忙。」在接下來的幾天裡，我們透過一些管道設法為她兒子找到工作，並找到一些家具給他們用。接下來的星期二，又是弗蘭來為我們服務，原來她是餐廳經理兼服務生，我們再次問她有沒有什麼事需要代禱。到第三週，弗蘭和我們一起坐在我們的包廂，加入我們的禱告。那天晚上，她丟下一顆重磅炸彈，徹底改變了我們做教會的方式。

「非常謝謝你們的禱告和所有的幫助，」她臉上掛著大大的微笑：「你們對我來說太重要了！我一整個禮拜都在期待星期二

晚上。其他人邀請我去他們的教會，但是他們都在星期天早上聚
會，可是我要上班沒辦法啊。所以神帶領你們在星期二晚上到我
這裡來。」她向同桌的我們展開雙手，開心地宣布：「這就是我
的教會！」

　　恐怕第一個閃過我腦海的念頭是：**不，不是這樣的！這是一
個弟兄問責小組**。但是主立即向我顯明，這正是我們一直在禱告
的。幾個月以來，我們一直有感動迫切為「收割莊稼的工人」禱
告，求神將我們與一位「平安之子」具體地聯結起來。這些禱告
的重點出自我們對路加福音十章1至9節的查考。這時我們才恍然
大悟，眼前正是這位「平安之子（a man of peace）」，雖然這「子
／男子（man）」是位女士，而她的家並不是家，而是一間餐廳。

　　起初，我們打算邀請她來每星期天晚上在我家的家教會團契
聚會。然而，她的排班表使她無法參加，而她自己的公寓在二十
哩外的一個社區裡。所以我們不得不接受這個事實，莊稼的主把
我們的弟兄問責小組變成了一個相當獨特的教會。

　　起初，弗蘭為這個特別的聚會的命名，是來自她與一位同事
的談話。

　　「妳在嗑藥，是不是？」弗蘭用一種同情而不是指責的口吻
問一位同事：「不必否認，因為我常在妳旁邊，有些跡象我是看
得出來的。」

　　那位年輕的女服務生只是睜大滿佈血絲的眼睛看著她，等著
被解僱的宣告。

　　「別擔心，」弗蘭繼續說道：「我不會炒妳魷魚，也不會把
妳交給警察。我只是關心妳，而且我知道無論妳遇到什麼問題，

115

這個不是答案。耶穌才是答案！我要改一下妳的排班表，讓妳可以在星期二晚上來這裡。然後妳可以和我一起上教會。」

頓時鬆了一口氣的感覺，藥物成癮的女服務生回答道：「妳的教會在哪裡？」

弗蘭的臉煥發出一個大大的微笑，她指著餐館角落的包廂，自豪地宣告：「二號桌！」

從那一刻起，我們的聚會被稱為「二號桌教會」。

不久，弗蘭說，實際上我們的聚會就是教會，她告訴我們她要給我們一個驚喜。然後她暫時離開，回到廚房，叫出廚師和他的助手。彼此自我介紹後，我們問那兩人可以為他們做些什麼。

「我們都聽說了，你們為幫助弗蘭所做的一切，」拉丁裔男子開始用濃重口音的英語說：「我們都跟一大家子的人住在非常小的公寓裡，你們能幫我們找些家具嗎？特別需要給孩子們有床可睡。」

「我不知道我們是否能幫到你，」我回答道：「但是我知道誰能做到。耶穌是那一位幫弗蘭得到幫助的。好不好我們也請耶穌來幫你？」

幾星期後，我們為他們找到了一些舊家具，並且開始每個星期二晚上都和廚師聯繫。他把我們帶到附近另一個同樣急需幫助的家庭：一位年輕、最近喪偶的西班牙裔婦女，有三個年幼的孩子，幾乎沒有錢養活他們。我們很快就開始定期在這名婦女的家裡聚會，帶著耶穌的愛，盡我們所能地幫助這家庭。不久之後，我們定期前往廚師的家，和他全家人一起「做禮拜」。廚師，他的妻子和岳母都信了耶穌，神繼續透過他們打開進入西班牙裔社

區的大門。這對我們來說真的太神奇了，因為我和我的妻子一句西班牙語都不會講，而我們剛認識的人大多不會說英語。我甚至不是墨西哥菜的粉絲，但神的話語告訴我們要「給你們擺上什麼，你們就吃什麼」（參考路加福音十章8節），所以我學著犧牲自己的舌頭和消化道，以便拉近關係，好叫這個迫切需要的族群聽見愛的福音。我們學到耶穌的愛能突破任何種族的障礙。

我相信值得注意的是，這些人當中沒有一個參加過在我們自己家的聚會。然而，我們對這一發展非常滿意。這並不是說我們不喜歡他們加入我們；只是他們很可能會難以適應我們做事的方式，更不用說我們的食物了。此外，主一直在教導我們改變我們關注的方向。多年來，我們的目標是讓家聚會增長到明顯需要拆開另成立小組，然後任命一些成員，派他們去另一個家庭拓殖另一個教會。並不是說這個概念有什麼嚴重錯誤；只是太慢了。同時，莊稼已經成熟，等待著收割。

目前我們並不要求人們加入我們家中的教會。當我們遇到一個平安之子，或者發現有人對於做簡單教會感興趣，或帶領某人信了主，我們的第一反應是，在那人家中拓殖一間新教會。我們會請他們招聚家人和朋友，特別是還不是基督徒或沒有去任何教會做禮拜的人來，我們繼續幫助他們在他們最熟悉的環境裡建立教會，在那裡，耶穌能做最大程度的改變：就在他們的家庭和職場。效果真的非常顯著。但是為什麼我們應該感到驚訝？這正是耶穌教導我們去做的。

街頭教會

約翰・倫特（John Lunt）寫道：

　　兩年多前，我第一次參加了簡單教會，我並不期待改變教會或任何事。但它是如此的帶給我生命，所以我再也沒有回到之前去的傳統教會。

　　此後不久，我們地區的簡單教會網絡為有興趣開設教會的人舉辦研討會，會中談論的更多是關於領人作門徒而不是設立教會。

　　這沒什麼嘛！我心想。**我能做得到。**

　　在那堂課進行中，我感到神引領我每週六進市中心，開始帶領人作門徒。下個星期六，我就拿了買的一百雙襪子，然後到市中心送給街友。

　　我就是那時遇見喬治的。喬治無家可歸，但他愛耶穌，我們連結在一起。有幾名街友圍著他——他是我們要在這個社群裡找的平安之子。喬治曾經有一份年收入超過十萬美元的工作，但發生一些財務管理方面的錯誤，最終淪落街頭流浪。

　　有一天，主輕拍他的肩膀，告訴他：「這是你跟隨我的最後一次的機會。」喬治回應了。現在他比我認識的任何人都更能展現基督的愛。他會脫下他的手套給有需要的人。

　　在幾週裡我們和更多的人建立連結，最後開始一個由七、八個人組成的核心小組，雖然其他許多人偶爾會出現。就這樣自然而然地過渡成為教會，我們開始聚會了。

　　在2007年1月，喬治告訴我們：「我不適合任何地方。這就是

我的地方！」不久，其他人開始把它當作教會。於是我們成了一間在市政廳前街道邊聚會的教會。

這當中，喬治的生命改變了，去年他離開街頭，回到家人身邊。

讓我來描繪典型的街頭聚會的情景吧！我們的聚會包括先一起分享一餐，彼此閒聊，享受團契，然後敬拜神，查考神的話語。我們把約翰福音讀完以後，接著查考使徒行傳。查經包括每週讀一章經文，接著進行一番熱烈的討論。令人驚訝的是，主不斷提出的主題是：捨己（向自己死），背起十字架，跟隨耶穌。我們為彼此禱告，然後結束聚會。我們在街上與人分享福音，為他們禱告。通常我們會分發冬天的帽子、襪子、衣服，或飲水──什麼季節需要什麼，我們就發什麼。

我們把焦點擺在個別的人身上，造就他們成為基督的門徒，帶給他們希望，好讓他們能擺脫他們的困境。

約翰，每星期六都來的核心成員，他是由於心理健康問題和一些錯誤的決定而流落街頭的。有一天晚上，當他和我一起騎車時，告訴我他受過兩次洗，但從來沒有真正明白受洗的意義。他受洗是因為他的母親希望他這樣做，並不是因為他與耶穌的關係。但現在他終於明白了福音，想要接受洗禮。

約翰是我們第一個施洗的人。班恩，我的一個朋友，開始投入時間在他身上，帶領他作門徒。幾個月前，我們查考關於被聖靈充滿的經文，約翰因此產生了深刻的改變。這時有一家泡菜工廠願意提供街友一份工作──這是一個新生活的機會。我們給約翰買了些衣服，他搬去和班恩一起住。他工作穩定，每星期參加

119

簡單教會，查考神的道。耶穌改變了他的生命。

去年1月，主感動我們找時間特地為流浪漢洗腳，這令他們大受感動。其中一位被洗腳的流浪漢，比爾，動了憐憫之心，就把自己得到的二十元美金轉送給另一個有需要的人。給出去以後他才驚慌失措，他身上一毛錢也沒有了！我其實可以去ATM提錢給他的，但我聽到主告訴我不要，祂想教導比爾信靠祂。我告訴比爾去走一圈，邊走邊禱告直到他感到平安為止，不到幾分鐘，他就喜樂洋溢地回來了。

下一週見到他時，他說：「我轉過每個街角，都會有人施捨給我。從上次見面到現在，我已經得到一百多美元！」

比爾現在也離開街頭，去幫一個朋友裝修房子。目前他在帶領這個小組，他像個聖經學者似地花很多時間研究神的話語。

我們基督徒可以學習走出體制化的教會或家教會的四面牆。我是從僕人佈道做起，因為那是當時我所知的。如果讓我再來一次，我應該不會用僕人佈道。我們服事的人都不相信他們可以複製僕人佈道，因為他們沒有能力買東西送人。將來我會做「禱告佈道」，我相信當我們為人禱告的時候，神會行奇事。如果我們想要複製門徒，就必須以一種他們可以複製的方式作為佈道模式。任何門徒都能學會相信神必回應他們的禱告。

上個月這個主要的小組結束了，因為核心成員大多找到工作離開街頭了，只有兩、三位仍持續來市政廳前參加比爾帶領的聚會。神對我說，我在那裡的時間結束了。我相信我們已完成神要我們做的事。這就是簡單教會很棒的地方，當它跑完當跑的路，就沒有理由用人為力量持續下去。不需要付薪水或貸款時，很容

易往前繼續做神要你做的下一件事。

媽媽教會

占梅‧理查森（Jamie Richardson）寫道：

去年9月我的丈夫和我買下我們第一個家，購屋的動機是為了開始我們的第一間家教會。我們對此欣喜若狂，焦急地等待新鄰居入住，這樣我們就能真正觸及他們。但作為一名有兩個學步兒的全職媽媽，我需要先找點事情做。

我找到了一個名為meetup.com的網站，只要輸入我的郵遞區號，和我有興趣認識其他媽媽的幼兒遊戲班。結果發現本市就有一個，於是我就報名了。後來，我從會員變成助理主辦人。

我們這一群有三十五位媽媽，而且還在增加。我們成了朋友，每週都要聚個幾次。由於位處「聖經帶」，因此不可避免的會談到宗教。那時有機教會運動對大家還是蠻新的觀念，我真心以為我一提出那「出格」的想法大概就死定了。但我還是提出來，我把我們從傳統教會過渡到這種以家庭為基地的有機型態事工，分享給那些媽媽們聽。聽完我的傾訴，有些人頻頻點頭，但也就這樣。

然後我聽到右耳方向傳來輕聲細語，原來坐在我旁邊的那位女士開始訴說她的故事。她在基督教家庭長大，但並不知道自己是否還相信耶穌是彌賽亞。我的第一反應是，帶她「回到」真理。但我阻止了自己。我閉嘴，聆聽她傾吐她內心的掙扎。那天晚上我收到她的一封衷心感謝的電子郵件。

第二天，我收到另一封電子郵件，發信的媽媽本身是猶太人而先生信奉天主教。不到一星期，又有另外三個媽媽跟我交談，原來她們也是從小在教會長大的，但因為這樣、那樣的原因而離開了。這使我突然領悟到，這不就是有機教會嘛，我竟一直顧著隔壁鄰居的動靜，以致看不見這些新朋友的內心需要。

於是我邀請所有的女士都過來一起討論，我向她們保證，這不會是一個查經班，因為她們當中有不少位並不相信和遵循聖經，所以我們將會討論我們的心靈、信念和掙扎。

第一次聚會中，有一名參加者從小就是天主教徒，但已經很多年沒去教會了，有一位女士的父親是浸信會的牧師，而她先生隸屬於神召會，有一位從來沒去過教會但自稱是「尋道者」，而我的朋友雖然出身基督教家庭，但並不相信彌賽亞。多特別的一群人啊！聚會進行得很順利。

我們決定每次聚會都有一個討論主題，下一次聚會的主題是，如何界定我們作為妻子和母親的角色。每個人都要帶上我們用作指南的任何東西。（有一位女士帶來電視節目《保姆911》！）

但後來有人提出一個問題：「占梅，可不可以麻煩妳幫我從聖經裡找一些內容，然後告訴我在哪裡，或許這樣我就可以從中得著一些好的想法。我的意思是，我有一本聖經，但我不知道如何使用它。」

嗯。沒問題，我來！

我所學到的是，「有機教會」就像這樣，自自然然地從關係進展為信仰社群。它不是為了拉我們看到和遇到的人入教，而是

交朋友。神會按照祂的時間做祂的工作。上帝打開那扇門時，我就是隨時預備好而且樂意地去做就好，我不需要用力推開，把聖經塞進門縫卡住，使門關不起來。我確實相信神讓我們在家裡開始一間在我們鄰近社區內的教會，但我算什麼，豈能限制祂「僅能帶」我的鄰居進來？現在我明白了，真正的有機教會可以從任何地方、由在神設定路徑中的任何人開始。

以下是關於占梅近況的一封電子郵件：

我想你可能會因著我們生活和事工中正在發生的一些新事物而讚美神！「家教會」並不是我們開始這次冒險旅程時所想的那樣。

首先，就實際的家教會而言，仍然「只」有另一對夫婦與我們聚會。雖有其他一些人在詢問，但至今還沒有其他人決定跳進來。不過，我們發現自己是另一對夫婦的心靈導師。神真的使用我們。他們遭受了我們以前經歷過的一些悲劇，能陪伴他們走，並親眼看見他們婚姻和家庭的成長，真的很棒。

其次，在這個快速發展的社區中，我每個月都裝一籃子小東西送給剛搬進來的鄰居。我們每隔一個月請大家享用豐盛美食，這個星期六約有二十個人來。把大家聚在一起互相交流，聽他們的故事，真是太棒了。在大多數人都不可信任的今天，當人們發現我們真的不是為了賣什麼或得什麼利益而做這些事，就變得很酷了；我們只是想作個好鄰居。常遇到有人問是否下一次「請客」可以來。我們將不得不多找幾個家容納分出去的小組，因為

我們的聚會發展得太迅速了。

第三，是我們的靈性討論小組。我終於收到了第一次抱怨，但這是我能收到的最好的抱怨：「占梅，我們能多聚幾次嗎？」我們家已經容不下更多人了。前幾週的聚會就已經擠進三十七個媽媽和孩子們了！所以我們現在要分三場聚會——早上一場，給下午要小睡的人參加。下午一場，給孩子還在學校的媽媽參加。晚上還有一場，給上班的媽媽參加。**難以置信！**我們會討論「每月話題」，每一組人也會在網路留言板交換想法。我不敢相信吸引力那麼大，這些媽媽們真的渴望與其他媽媽分享自己的想法和靈性歷程，但從來沒有得到這種機會，終於她們可以暢談，不被論斷也沒有人強迫「信教」。讓出身天主教、浸信會、衛理公會、聖公會、獨立教會、無神論和不可知論背景的婦女，全部聚集在我家客廳，說：「其實我不知道我信什麼……」是很棒的服事機會！我只是坐在那裡用問題帶動她們的對話。

最後——這對我來說是件**巨大的事**——昨晚，我們有三個人在一起喝咖啡。一位不可知論者，一位前天主教徒，還有我，三人談論著這些小組裡的靈性討論多麼令人驚奇。

其中一位看著我說：「妳知道嗎，我想我知道妳相信什麼，但是我不認為妳曾經嘗試推銷妳的觀點，妳自己的靈性旅程來到哪個階段了呢？」我曾為此禱告，一直想聽到這個，但也希望它很自然地發生，終於！我告訴那兩位媽媽，這是我有記憶以來的第一次，對自己目前的靈性階段感到非常、非常高興。我很滿足，而且還一直在成長。我已經擺脫那套人為規則規定我應該在哪裡，以及我應該做什麼，我找到了神要我在的地方。

我說：「坦白講，我相信耶穌基督是彌賽亞。我和祂建立了每一天同行的個別關係，足以證明祂的話是真的。」然後就此打住。

兩人都看著我，臉上帶著震驚的表情，然後那位不可知論者說：「那妳為什麼不試著拉我信教？」我說：「那不是我的工作。妳的靈性旅程是妳和神之間的事，我的工作就是走我的旅程，讓妳看到它。」

我想她們壓根沒這樣想過。

總之，我們的近況就是這樣：保守地說，我們是蒙福的。正如我說過的，這個家教會的事情不是我們認為的那樣，但是現在有更多的「真正的事工」在進行，比以往任何時候都要多！

古巴人教會

威利・巴特勒（Willie Butler）寫道：

2007年秋

七十一歲的胡安是從古巴來的政治難民，他在古巴服刑三十年後才來到美國。當我為難民安置機構工作時，跟他初次見面，建立了良好的關係，他知道我對基督的信仰。

我們簡單教會網絡的領導團隊已經為古巴人社群禱告了一年多。古巴人熱衷棒球，經常要求跟美國人來比一場。靠我們網絡中各簡單教會的成員鼎力相助，我們組了一支棒球隊，與古巴人展開一連串球賽。我發給胡安一張宣傳單，他又轉給他公寓社區裡的古巴人。

　　棒球系列大賽真好玩，沒錯，每一場比賽都是我們輸。但重要的是，我們獲得了原先意圖得著的服事機會。我得以在第一場比賽就跟他們說明我們希望他們認識基督，並且這位基督想給他們的不只是政治和社會的自由。

　　球賽也讓我們有傳講和禱告的時間，可以建立一對一的關係，以及探訪的機會。我和兩個朋友去探訪了胡安和他的室友。我們解釋福音的時候，他們都用心在聽。胡安的室友覺得他還想計算跟隨耶穌的代價。然而，胡安已經準備好將生命交給基督了。在認罪並承認自己需要耶穌之後，他祈求基督拯救他。至今我仍記得他禱告說：「耶穌，我這一生是個錯誤。」

　　聖靈在胡安的生命大大動工，令我驚奇不已。胡安的信心很大，使我被挑戰也大受鼓舞。真希望你也能看到他的生命如何被改變更新。聖靈果子之一平安，胡安在他的處境中擁有平安。他已經三年沒見過妻子了，他剛剛動過心臟血管繞道手術，還有很多健康的問題。他住的社區裡的其他人問他為什麼如此知足又充滿盼望，他作見證說：「主與我同在。」

　　胡安是我們在這個社區的平安之子，他開放他的住處設立福音查經班。我們專注於門徒訓練，使用福音書強調認識耶穌高於一切。我們教導初信者聆聽神的聲音並順服。在復活節時，胡安受洗。水很冷，但沒有什麼能阻止這位老人家。

　　在過去的幾年裡，基督把一種對這些古巴人的負擔放在我心中。藉著付出愛心、分享和禱告，神正在動工把胡安吸引向祂自己。現在我的朋友已經成為我的弟兄了。

更新，夏季2008：

今年夏天我們同樣跟古巴人打過幾場棒球賽，真是美好的時光。第一場比賽我隊讓對方在最後五局都沒有得分，但不知怎麼搞的，最終他們還是以20比3獲勝。大約有二十個古巴人和二十五個美國人一起吃披薩，球賽結束後有了一段美好的團契時間。一位單身媽媽、一對夫婦和一位單身男子，對我們在古巴公寓社區進行的查經班很感興趣。

那社區裡的簡單教會／福音查經班不斷增長。主的作為令人驚歎，上週我們在烏瓦爾多（Uvaldo）的家聚會，有五名古巴人參加。胡安和其他一些人自然地帶領唱詩歌，作見證和禱告，和自己社群的信徒一起聚會，是令人興奮的。

該……死的教會

羅斯・羅德（Ross Rohde）寫道：

2007年6月24日星期日

我妻子馬琪（Margi）和我到某老友的鄉村客房住幾天。朋友問我是否願意參加他在帶的一個新的查經班。他說會有一些非基督徒來。談話中，我告訴他我如何帶領非基督徒和初信者作歸納式查經：我提供一個簡單方法，畫了四個符號，代表四種問題：

- 一本聖經：聖經說了什麼？
- 一個問號：這是什麼意思？
- 一顆燈泡：你打算怎麼做？

127

・一張嘴巴：你要告訴誰？

我的朋友有點懷疑是否可行——未免太簡單了吧！

有兩對夫婦，其中一對是韓裔美國人，還有兩位單身女士出現在我們東道主家中的查經班。這位韓裔美籍男士身材魁梧，姑且稱他為X先生，是性格很衝、會當眾罵老婆的那種人，他的妻子在他面前顯得畏縮。他罵很多髒話。我對他公然的敵意感到驚訝。我也驚訝於他在查經班中如此公然的憤怒和滿嘴髒話，通常人們會在這樣的場合裝出和善的樣子。好吧，起碼他是誠實的。

我們在露天陽臺吃了一些點心，然後主人請大家進入客廳。介紹了所有人之後，我被介紹為帶查經班的人。這真是突如其來！我只不過提出一些不妨找時間試一試的點子而已。但因為我的方法簡單且不需要準備，於是就由我說明四個符號及代表的問題，接著讓參與者查考約翰福音第一章。

進行過程中有很多參與和討論。查考了約二十分鐘後，突然間，X先生用一種低沉又充滿敵意的聲音說話。

「該死，我想認識耶穌。」

我大吃一驚，問：「你剛說什麼？」

他又說：「該……死，我想認識……耶穌。」

於是我開始盡可能簡單清楚地解釋福音。即使這個簡單的介紹，他似乎也感到困惑。我可以看出他是個聰明人，但他似乎不能得到福音，於是我懷疑可能是邪靈企圖阻止，不讓他明白福音。

最後，我們的主人說：「X先生，當我第一次聽到耶穌的時候，我也碰到同樣的問題，但我知道這實際上只是降服而已。我

需要降服於耶穌。」

X先生回答說：「該死，我可以，該……死，明白這一點。我想，該，該，該……降服於耶穌。」

我站起來，走到X先生跟前，命令他站起來。這不是我尋常的舉動，但出於某種原因，我就是這麼做了。他站起來，我看著他的眼睛。

我用強力的口吻問：「你要耶穌？」

他說，「該唉……我要！」

129

我再問一次：「真的要耶穌？」

「該唉……死，我真的要！」

我說：「歡迎加入神的國。」

這名硬漢立刻哭了出來。接下來我說的是：「X先生，我想在你家開始一間教會。什麼時候可以開始？」

他說：「明天五點。」然後，他給我一張名片，上面有他家地址。我建議他廣邀親朋好友參加。

隔天下午五點，我們在他家聚會，之後連續許多星期一都有聚會。他和妻子邀請了許多朋友，尤其是韓裔美國人族群裡的朋友。其中有些是基督徒，有些不是。有幾個人歸入基督名下。

過程中，我的教會拓殖合作夥伴和我越來越清楚一件事，X先生確實有鬼附的問題。我們開始和他禱告，趕出了一些鬼。那是一個漫長而痛苦的過程。他的妻子，X太太也從一些鬼附的問題獲得釋放。尤其X太太開始在信仰上快速成長。我和X先生建立起個別的門徒訓練關係。然而，由於X先生的性格，門徒訓練時斷時續。

　　隨著被鬼附的問題處理完成以後，X先生的性格發生了巨大的變化，變得和平而友善許多。罵人的話少了。他開始對妻子和善而尊重。他自己也說他感覺到內在的變化，現在他感覺比以前平靜而輕鬆。其實，他生命中的污鬼問題還沒有徹底處理完畢，可是他對自己的改變已經很滿意了，拒絕接受更深入的服事。我們警告他，這是不明智的，但他心意已決。

　　於此同時，X先生夫婦介紹給我們的另一個家庭邀請我們到他們的家辦聚會。那位太太已經是基督徒，她先生是歐洲人被派在美國工作，還不是基督徒。在幾個月內，這位先生就有了重大的轉變。我抓住機會訓練了另外三個教會拓殖者。

　　起初這間教會狀況良好，但那位妻子一直講她在以前的教會習慣的宗教儀式。每次她這說，我們就告訴她，寧可保持單純和簡單，但如果她能在聖經中找到那些做法，我們也可以來做。當然啦，那些其實不是聖經的做法，只是「宗教」的做法。

　　然而，過了一段時間，這位妻子開始帶丈夫去她的教會，因為她覺得他們有一位在神學院受過訓練「真正的」牧師。我沒有告訴她我比她的牧師受過更多的正規神學教育和訓練。因為我不想支持「教育使我們更好」這種觀點。真正要緊的是與耶穌的關係的深度。最後，這位女士切斷了我們的關係，雖然是以友好的語調結束，但我知道，她覺得我們的小組不夠「虔誠（宗教）」。

　　與此同時，X先生被鬼附的問題越來越強烈地顯出來。我們雖聯繫上他的妻子，但是他越來越避不見面。我們試著警告他已經走上危險的道路，他變得更難找到。X夫人告訴我們，他又變得很

衝而且粗暴。在一次與他們兩人的會面中，我們建議他們暫時分開，我們願意與X先生合作，為他提供所需的一切幫助。但他不接受這個建議，反而決定帶著他的妻子搬回韓國。從那以後，我們只能和X太太通電話，但沒有和X先生講過電話。

　　我們學到的教訓是：

1. 宗教的信徒可能會在由非基督徒中開始的簡單教會造成極大的混亂。我們需要非常小心，不要讓他們把他們的宗教帶進來。就我個人而言，我更喜歡與非基督徒和初信者一起建立教會。

2. 我們需要了解更多關於屬靈爭戰的事。在我們的教會拓殖網絡中，最好有一批受過訓練而能多方給予協助的人。然而，我們只能趕逐那人想要趕逐的污鬼。

131

嗆辣餐廳教會

同樣來自羅斯‧羅德：

　　教會創立於2008年1月20日，加州聖拉斐爾市

　　聖拉斐爾市位於舊金山金門大橋另一側的馬林半島，是個富裕社區。運河區有幾座緊鄰的公寓大樓，聖拉斐爾人口超過20％擠在這裡。這是聖拉斐爾的窮人生活的地方，被一個無形但卻非常真實的社會屏障隔開。馬林半島需要這些人的廉價勞動力才能發揮作用。但是，大多數富人不想和他們住在一起，他們希望盡可能少看到他們。馬林縣的居民傾向於以輕蔑甚至恐懼的方式談論運河區。

　　幾年前，神給瑪麗安‧恩格蘭德（Marian Engelland）一個使

運河區本地教會網絡倍增的異象。她和她的丈夫萊恩（Ryan）搬到西班牙裔移民社區，服事那裡的居民。他們住的公寓很小租金不便宜，但緊鄰他們服事的對象。

　　一段時間之後，萊恩和瑪麗安帶領了一位鄰居信主。這人把他們介紹給他的兄弟，那兄弟也信了主。接著這兄弟把萊恩介紹給荷西，後來荷西的太太外遇離開他，他傷心欲絕時，就信了主。

　　在1月的時候，萊恩和我開始每個星期天早上在運河區的「嗆辣餐廳」（the Picante Restaurant）吃早餐，同時與荷西聚會。這對荷西其實有點困難，因為他工作時間長，一天工作時間超過十二小時是家常便飯，有時一週工作七天。

　　荷西的信仰開始不斷成長。他在工作中與人分享信仰，又因他表現的基督徒言行而出名。他邀請其他人來嗆辣餐廳，儘管他們從未出現過。他甚至邀請一些他在嗆辣餐廳認識的人加入我們。

　　與此同時，我們開始向瑪麗安在當地的社區活動中心開設的英文入門班提起這個「嗆辣餐廳教會」。我和朋友們在課後與所有對福音感興趣的人分享。然而，英語班的人沒有一個來過嗆辣餐廳教會。應該說，一直到我們開始行走禱告以後，才開始有人加入。7月12日那天，幾個運河區事工團隊的同工和我沿著運河區外圍行走禱告。隔天，萊恩和我再做了一趟行走禱告。

　　7月20日，兩名來自英語班的男士出現在「嗆辣餐廳」。我們邀請他們一起吃早餐，然後請他們分享心靈歷程。賈銘分享他在瓜地馬拉的福音派家庭長大，但是一直不曾成為基督徒，他總是

害怕自己不夠好。荷西和我對他分享耶穌會照我們的本相接納我們。賈銘聽了以後便說，如果他成為基督徒的話，他可能會失敗而令神失望。我們告訴他這種問題耶穌可以處理的，不是什麼了不得的事。我們把福音說明清楚，挑戰他接受耶穌。他雖然很感興趣，但仍然選擇再看看。

另一位男士愛德華多相當安靜。他分享說，由於父親被兩名男子殺害，以致他心中充滿憤怒、痛苦和想報仇的欲望。他知道那些情緒正在傷害他，他想要得自由。我們邀請賈銘和愛德華多下週繼續來聚會。

下週荷西必須上班沒法來。萊恩和我都希望賈銘和愛德華多再次出現，但他們沒有。反倒是另一名英語班的學生亞歷杭德羅出現了，他是虔誠的基督徒。我們邀請他過來一起坐。

聊了一會兒，他說：「我來告訴你們愛德華多的事。他信基督了！」

我們一聽非常高興，請他多告訴我們一些。

「他是瓜地馬拉的軍人，你們知道吧。他是殺手，知道怎麼製造炸彈。」

我曾經住過瓜地馬拉，知道瓜地馬拉軍隊的名聲，特別是稱為蓋比利斯（Kaibiles）的特種部隊。

「愛德華多是蓋比利斯的人嗎？」我問亞歷杭德羅。

「沒錯，他正是。」一股寒意順著脊椎而下。蓋比利斯都是狠角色，能幹又高效率的殺手。

「請繼續講下去。」

「好的，愛德華多信了耶穌以後，他的憤怒和仇恨都不見

了，耶穌使他充滿平安。」

我告訴萊恩這個消息，因為嗆辣餐廳教會是用西班牙語進行的，而萊恩通常跟不上興奮的、連珠炮似的西班牙語。

萊恩為愛德華多感到興奮，他說：「現在我們只需要等著看賈銘信耶穌了。」

「他已經信了，」亞歷杭德羅說：「愛德華多信耶穌以後立刻給賈銘打了電話，對他說：『賈銘，你一直想等到自己做得夠好才信。你是害怕進入比賽吧，因為擔心自己輸了怎麼辦。但如果你從不嘗試，你怎麼知道會發生什麼？信耶穌真的很棒，你就信吧。』所以賈銘也信耶穌了。」

「你認識班上的羅伯托和胡安妮塔嗎？」亞歷杭德羅繼續說：「羅伯托在你們傳講福音的一個禮拜前就信主了。」

「哇！那就剩胡安妮塔還沒信主囉！」萊恩說。

「喔，她已經信了。而且，他們還向羅伯托的一位堂兄弟分享福音喔。」

從那以後，我們一直在「嗆辣餐廳教會」門訓賈銘、愛德華多、亞歷杭德羅，以及荷西。他們盡可能經常來。然而，由於臨時工生活不穩定和貧困的緣故，有什麼工作機會他們都得去做。賈銘帶了一位堂兄弟到嗆辣餐廳來，他還曾經帶一位朋友去上英語課，好讓他聽到福音。與此同時，我們也教導他們讀經、禱告，彼此服事，以表示順服耶穌。我們也和他們分享提摩太後書二章2節，並建議他們應該開始把從我們這裡聽到的一切去告訴別人，那樣就是活出提摩太後書二章2節的教訓了。

第 **15** 章
說故事

耶穌本身是一位說故事大師，祂經常用故事溝通，用祂的聽眾所熟悉的日常觀念，來傳達真理，讓有耳可聽的人都能明白。祂談到農作物和牧羊；祂講述主人和僕人的故事；祂用家居常見的東西作比喻——麵酵、鹽、遺失的硬幣。

走到世界的任何地方，人們都喜歡聽故事。每一種文化都有一套自己的故事，在某種程度上作為身分的區分和認定。家庭也有代代相傳的故事，故事有助於為我們的生活奠定基礎並賦予意義。

故事也是有力的思想傳播利器。奧地利哲學家及無政府主義者伊凡‧伊利胥（Ivan Illich）曾被問及如何改變社會，他的回答大致是：「革命和改革最終都不能改變社會。相反，你必須講述一個全新又有力的故事，要很有說服力以致能掃除舊的神話並成為眾所喜愛的故事。如果你想改變一個社會，那麼你必須說出另一個故事。」

　　人們喜歡講述自己的故事。我們的一位朋友，提姆‧派恩斯（Tim Pynes）做過一個實驗。有一天，他坐在一家咖啡店裡，在桌上放一個牌子，上面寫著：「如果你聽我講我跟神的故事，我就請你喝一杯咖啡。」等了幾個小時才有一個人回應。第二天，他搬到另一家咖啡店，拿出另一個牌子，這次他寫說：「如果你告訴我，你跟神的故事，我就請你喝一杯咖啡。」結果，要跟他講自己故事的人大排長龍。許多人淚流滿面地說完後，對他的傾聽深表感謝。

　　每當我們和一群初識的人聚會時，首先通常會要求每個人講講自己心靈歷程的故事。記得第一次這麼做的時候，在場的十幾個人年紀都在二十歲上下。

　　第一個出來分享的女孩說，她與母親大吵一架以後就被送往德州跟父親住。由於是在學期中途搬家，有一些已經修的學分無法轉移，額外的家庭作業對她來說很難。之前在加州跟母親同住時，她曾是啦啦隊長，有很多朋友，是個受歡迎的人物。但在德州她誰也不認識，就變得越來越沮喪。有一天，她把自己鎖在浴室裡，把藥櫃裡所有的藥瓶一個個拿出來排在眼前，她決定結束自己的生命。但在她這麼做之前，她向神呼求說，倘若祂存在的話，請親自向她顯現——結果神就在那裡和她相遇。幾天後，這個女孩遇見了我們的女兒貝琪，幾星期後，在我們的聚會中講述她的故事。她的故事感動了在場的每一個人，那些原本擺出一副酷樣的十幾歲的小伙子，竟個個感動落淚！在這樣的環境下分享耶穌是很容易的。

　　通常你自己的故事也可以與福音連結在一起，成為強有力的傳福音利器。在《教會繁殖運動》書中，作者大衛‧葛瑞森寫到「約翰」在中國的故事，他教三十名農場工人如何講述他們的故事，然後鼓勵他們找五個他們禱告的福音對象講。第一個禮拜過去，三十人中只有十七人分享了他們

的故事，但有一位農民向十一個人分享了他的故事。所以下次上課時，約翰先讓每個人都分享經驗互相鼓勵，接著再次練習講自己的故事。課程開始兩個月後，他們已經成立了二十個即將成為教會的小組。七個月後，小組數目增加到有四千位新近受洗的信徒。實驗開始僅一年多，就有九百間家教會，一萬二千多人歸入主名！[1]

你可以用一種讓尚未認識耶穌的人可以理解的方式，來講述你的靈性故事，而不要暗示你已找到一切答案。你也需要學習在兩、三分鐘內講完你的故事，這樣的長度更適合各種情況。你的個人故事應該回答以下三個問題：

1. 信耶穌以前（或者信仰對你成為真實以前）你是怎樣的人？
2. 你是怎樣遇見耶穌的？
3. 耶穌怎樣使你的生命改變了？

學會講個人見證以後，你就可以經常把這技巧用在與未信者的交談上。任何故事，或者其實是與未信者的任何談話，都不應該滿口「基督徒術語」，好比**救恩、救贖**——甚至是**罪**——可以換一種說法，好讓沒有基督教背景的人不至於聽不懂你在講什麼。當你練習把你的故事講給別人聽，你會發現變得很容易說出來，也不妨練習換個方式講，讓每一次都聽起來很新鮮。

你甚至可以把你的故事發展出幾個部分，以適合你周圍的人的不同情況。例如，如果你跟一個正在處理財務方面需要的人交談，不妨分享一段神如何供應你需要的見證。

多年下來，我們發展出一套向未信者傳福音的模式，用在西方的背景下似乎頗有成效，其中就包含說故事。

當人們來跟隨耶穌或表現出對靈性感興趣時，我們並不邀請他們加入我們的教會。相反，我們請他們去招聚幾個朋友來，這樣我們就可以進一步「探索靈性」（不妨求主幫助你找到適合該特定情況的流行語）。我們寧可到他們家中，和他們的影響圈和同文化圈裡的人一起聚會。

和新成立的小組初次見面時，我們通常會先一起吃飯，然後請某人講他或她的靈性旅程的故事——用這種不具威脅性的好方法打開話匣子。我們盡量給人充裕的時間提出一些問題，以確保我們真正理解他們所分享的。我們發現，未信者通常願意以這種方式敞開他們的生命。我們會輪流讓每個人都有機會分享自己的故事。

講故事的效果很好，因為可在初次見面結束時，就對每一個人的靈性狀況有相當的了解，可以得知小組裡的人是否有任何教會背景，及他們的信仰體系是什麼樣子。我們也會請大家為小組成員的需要代禱；我們發現，如果第一次聚會就一起禱告——即使他們都還沒信主——以後出聲禱告就絕不會是個問題。新的小組開始時，我們可能不知道這些人在向誰禱告，但我們知道**我們的**神樂於回應他們的禱告！

如果人數很多，可能得花幾星期才能讓每個人都輪一遍來講個人的故事。當所有人都講過了，就該談一談下次聚集時該如何進一步「探索靈性」。我們會讓他們知道我們將提供一本討論的書，到下一週我們就帶來足夠數量的聖經或新約聖經，可選擇簡明易讀的聖經版本。

在後續的聚會中，我們使用一種基於使徒行傳二章42節的模式，像門徒那樣「都恆心遵守使徒的教訓，彼此交接，擘餅，祈禱」。

1. 聚會一開始是一起用餐——無論是一人帶一道菜，還是叫外賣，看小組適合什麼方式就用什麼方式。對於青少年或學生來說，叫披薩可能比較合適。

2. 接著讓大家分享這一週發生的「神事件」，即使還不認識主的人也可談論神怎樣在他們的生活中動工。神學上而言，這概念就叫「先臨的恩典」──我們還未將自己交給祂的時候，祂就已經在我們生命中動工了。

3. 然後花一些時間用問號、燈泡和箭頭的方式來查經。約翰福音是一個很好的開始。第一章對每個人來說，都不容易理解，但我們不給人們答案，我們讓他們自己挖掘出意義。神的話語是活潑的、有功效的，幾週之後我們就目睹人們的生命改變了。

4. 為彼此禱告。神回應禱告的重要性是路加福音第十章的一個關鍵原則。那些蒙應允的禱告為我們開門，使我們得以談論神的國。他們還不認識耶穌沒有關係，神喜悅應允他們所求，而當祂應允時，他們就不會停留在不信階段太久了！禱告蒙應允也給下週分享「神事件」提供基礎，例如，某人上週分享說，他跟上司溝通得很不愉快，通常下週他會回報說，緊張關係已紓解，或是他能夠針對令他苦惱的事情跟上司好好地談。

我們曾用這個方法帶領一群對新紀元（New Age）運動涉入頗深的人。第一週，在平安之子的家吃過一頓美味的餐點後，每個人都分享自己的靈性旅程故事。他們都在尋找神或某種人生意義。下一週聚會時，有興趣的人一起查考約翰福音。才過幾個星期，這個小組就接受聖經是有權威的。經過六個禮拜的分享和談論約翰福音第一章的前幾節，我們終於來到約翰福音一章12節：「凡接待祂的，就是信祂名的人，祂就賜他們權柄作神的兒女。」

讀到這裡，小組裡某人問道：「什麼叫接待祂？」另一個人提供她的

意見：「我想接待意味著交託吧！」隨後大家就從這個想法進行了一些討論，最後，都認為這可能是個不錯的定義。然後，我們建議大家單獨花點時間與主交談，自己告訴祂，要把生命交託給祂。於是大家各自找一個角落。當他們回來聚集時，顯然很多人遇見了神，有淚水和擁抱。那真是非常寶貴的時刻！

　　門徒訓練的過程甚至在成為信徒之前就開始了，其結果是從莊稼當中建立一間教會。

註

1.　David Garrison, *Church Planting Movements* (Midlothian VA: WIGTake Resources, 2004), 286–291. （中文版：《教會繁殖運動》，240-242頁，天恩出版。）

第 **16** 章
作門徒

我們知道在這場微型教會（microchurch）運動中，建立教會是耶穌的工作，而我們的呼召是帶領人作主的門徒（參考馬太福音十六章18節，二十八章19節）。

門徒訓練描述我們與神同行的成長過程，它通常在向主做出承諾之前就開始了。我們的女兒貝琪要去參與青年使命團（Youth With A Mission）的事奉，她想在出國前，和她的非基督徒朋友分享主。於是選擇辦一場道別派對並接受浸禮，她邀請了大約五十位「最親密的朋友」到我們家。大夥享受了一頓燒烤大餐之後，貝琪先講述她的見證，接著我們將家裡的浴缸注滿熱水為她施洗。第二天，她去了青年使命團，但是我們繼續服事她的一些朋友，大多是十幾歲和二十歲出頭的年輕人。我們定期和這些孩子見面，分享我們的見證，討論聖經，並為彼此禱告。度過極美好的靈性時刻之後，我們經常玩像「畫畫猜猜」（Pictionary）這樣的遊戲到深夜。

漸漸地，孩子們開始改變了。我們沒有告訴他們需要改變──神的話語是「活潑的，是有功效的」（希伯來書四章12節），使人生命改變更新。有些人不再滿口髒話，有些人不再吸煙，許多人告訴我們他們不再吸毒或醉酒了。他們一個接一個地要求受洗。在這一點上，我們確保他們真正明白將生命奉獻給神意味著什麼，必要時我們從旁協助。

我們越來越明白，成為耶穌的門徒，與回應講員的決志呼召或作「認罪決志」禱告無關。過去習慣是先信靠才有歸屬。但如今，情況正在發生變化。人們渴望歸屬感，一旦他們有了歸屬感，信念就會逐漸成長。甚至在他們將生命獻給神之前，門徒訓練過程就開始了。看著他們生命改變更新，越來越明白什麼叫從黑暗的國度遷到光明的國度，真令我們有說不出的高興。

耶穌從來沒有命令我們去建立教會。事實上，祂也沒有要我們去叫人信教。祂告訴我們要使人作門徒，然後**祂**會建造祂的教會。

提摩太後書二章2節鼓勵我們將「所教訓的，也要交託那忠心能教導別人的人」。希伯來書五章12節說，那些已經信主一段時間的人，應該作別人的老師。

正如大使命所言，耶穌吩咐我們要教導新門徒遵守祂所吩咐的一切。門徒訓練不是一堆需要學習的知識體；當我們把門徒訓練變成一系列的教義或教導，將聖潔變成一套規矩時，就是剝奪了初信者對於神真實又切身的體會。

當我們門訓初信者時，要幫助他們以耶穌跟隨者的身分生活，漸漸改變成祂的形像。我們要教導他們活出順服祂的聖潔生命。作為他們的朋友，我們解答他們生活中的現實問題，處理與他們切身相關的憂慮，幫助他們使信仰對於生活變得至關緊要。

但在我們追求成為聖潔之前，必須真正相信那是神呼召我們去追求的。我們是藉著從基督領受的赦罪之恩，以及遵從內住聖靈的引導，而活出聖潔的。保羅常勸誡他那時代的門徒要過聖潔的生活。然而如今，在美國的我們，儘管曉得這命令，卻忽視聖潔的生活。巴拿研究中心的一項調查顯示，只有三分之一的成年人（35%）相信神希望他們成為聖潔的人。人總是必須先接受聖潔的觀念，才有可能去追求它——**為了我們自己的好處，也為了那些我們希望也能領受神豐盛恩典的人。**[1]

在初信者面前，你的生活方式非常重要（參考哥林多前書十一章1節）。使人作門徒的最佳方式，就是通過帶他們在人生功課中認識主來解答他們的問題。如何學習禱告？就是讓他們和你一起禱告。如何學會喜愛神話語中的原則？就是讓他們看到你喜愛神的話、並以其原則作生活的指引。如何學習為彼此捨命？就是讓他們看到你為他們捨命。

到了時候，那新門徒會將這樣的門訓傳到別人身上，門徒也隨之倍增。

再次重申，要留意我們在人眼前的生活。巴拿研究中心追蹤那些自稱信仰是生命第一優先——了解信仰、委身信仰、天天活出信仰——的成年人。很遺憾，五年後仍聲明對神的信心是他們第一優先的只剩17%，亦即每六名重生的基督徒中只有一位。[2] 我們最關心的事，才會達到別人生命中。請問對你而言，對耶穌的信心有多重要？

耶穌不僅以講論來教導門徒（討論與問答的傳授方式看似非常有互動性），祂也讓他們跟著祂一起投入日常生活的忙碌奔波。門徒實際體會祂的教導如何落實在每日生活中。在路加福音第十章，我們讀到耶穌差門徒出去，吩咐他們照祂所指示的去做，完成後要回來報告發生了什麼，當他們回報的時候，祂又再依據他們的經歷進一步教導他們（參考17～24

節）。

關於神國度裡的生活，需要以實際的方式受訓練和裝備。把學徒的概念套用在這裡挺合適。頭腦的知識沒有多大價值；一切都需要應用在生活上。例如，假使我們想要教導一小群人關於說預言的屬靈恩賜（參考使徒行傳二章17～18節；哥林多前書十二章10節），可以請他們兩個兩個一組（最好是跟不認識的人同一組），安靜地為對方禱告幾分鐘後，把剛才禱告時得到的任何想法、畫面或經文說出來。每次帶這個活動時，我們總是感到驚訝，因為通常會有75％到80％的人聽見神說話，非常具體而且完全適用於另一人。一個人越快進入服事，這人的成長就越快。

同樣重要的是，要讓初信者將所學的傳給別人。在中國一些地區是以門徒鏈來做到這一點。在中國的家庭教會服事多年的柯蒂斯·瑟金（Curtis Sergeant）如此描述：

> 門徒鏈的關係是在教會固定聚會之外產生的，通常是一對二的門徒訓練過程……其模式是，一個較成熟的信徒去訓練另兩名同教會的信徒，這兩位各自去訓練兩名能再各自帶領兩人作門徒的人。每一個門徒訓練的關係包含互相的問責，有沒有落實所學到的屬靈真理，並將所學的再教導別人。這種雙重問責極為重要。（他們很認真地看待這件事，如果受訓者沒有把上一堂課的主題實踐出來，並且再去教導至少兩個人的話，那個主題就必須再複習一遍，如此反覆直到具體落實為止。）

> 為了使這過程起到作用，一個人需要比所訓練的人領先一步……

> 通常門徒鏈……不會超過四代（加上最後一代正在「受教導」的未信者）。[3]

許多教會發現生命轉化小組的模式頗有幫助。生命轉化小組發起人高紐爾，在他的著作《為神培育生命》（Cultivating a Life for God）中說，生命轉化小組是由兩到三個致力於三件事的人組成：

・每週讀大量聖經並分享心得筆記。

・為尚未信主的朋友禱告。

・每週固定撥出一段互相問責的時間，誠實回答有關個人的問題。

145

當第四個人加入並承諾這三件事，這個小組就分成兩組，如此便可讓這運動自發地散播開來。4

根據阿比林基督教大學（Abilene Christian University）的肯特・史密斯（Kent Smith）最近一項研究顯示，比起完全以十至二十人為架構建立的典型家教會，既有全體一起的大聚會又有人數很少的類似生命轉化小組為基本架構的運作，這樣的教會（無論是簡單教會還是傳承教會）更強壯、增長也更快速。5

在教會能夠自立之後，門徒訓練的過程還要繼續下去。對領袖們的個別培訓非常重要，直到教會穩固並不斷倍增。

許多大規模佈道活動的悲哀之一是，一年之後在當地教會裡存留的果子很少。沒有（或很少）新的門徒。怎麼回事？因他們雖然決志且作了「認罪禱告」，卻沒有作門徒。路加福音十一章23節，耶穌說：「不同我收聚的，就是分散的。」祂也說過要把新酒裝入新皮袋（參考路加福音五章37～38節）。

雖然在此不能說出這個國家的名字，因為擔心披露後，那裡的人會遭受迫害，但是我們最近投入某地的事工，在許多效果顯著的佈道之後，跟

著就設立簡單教會。投入跟進工作的人都接受訓練去尋找平安之子，隨之以此人為中心聚集一些人。在後續的幾趟工場探訪後很清楚看到，佈道過後幾個月，福音果子不但存留，而且倍增了。新設立的教會確實堪稱數以千計，並且正在自發性地倍增。

這些大規模佈道行動所獲得的大量回應者正在成為門徒，因為他們正被收聚到簡單教會之中。

 註

1. 巴拿研究中心（Barna Group）2006年1月進行了一項關於人們對聖潔的看法和追求的調查，在美國本土四十八個州隨機抽樣1,003名成年人作訪問。結果確實顯示，比起其他成年人，重生的基督徒更有可能相信神希望他們成為聖潔的人，但持此觀點的人是少數（46%）。

2. 這是在2008年1月針對全美隨機抽樣的1,006名成年人樣本，所做的調查。

3. Curtis Sergeant, "Insights from a CPM Practitioner," SAM Region Resource Site, http://www.wsaresourcesite.org/Files/CPMs/CLS-CPM%20mss.doc.

4. Neil Cole, *Cultivating a Life for God* (Carol Stream, IL: ChurchSmart Resources, 1999).

5. Kent Smith, "The Dawn Texas Project: A Harvest Force Report," (private research project, 2003–2004).

第 17 章

領導

這次為期三天的會議非比尋常，來自全國各地最強的領袖幾乎都到了，共約四十人齊聚我家，只為一個目的：等候神，聆聽祂要對我們說什麼。與會者在室內圍坐成兩圈，呈同心圓。大部分A型人格——有話直說、主見強——坐在內圈。比較安靜的人坐在外圈。在最後一天下午，大家等候神時，我們感覺到祂告訴我們交換位置，讓內圈的人全部移到外圈，原本在外圈的坐到內圈來。然後我們把發言臺交給那些較安靜的人，現在他們是在內圈。當他們分享時，驚人的智慧流淌了。主彷彿在對我們說：「你們要顛覆這屋子的人。如果你們像剛在這屋子所做的一樣，把領導權的安排顛覆過來，那麼基督徒會再次顛覆天下」（參考使徒行傳十七章6節，「攪亂」天下）。

這個關於領導的功課令我們大受激勵。會議當週稍早，知名的先知鮑勃・瓊斯（Bob Jones）打電話給我們，傳達他所領受關於我們的異象。異

象中，他在天堂看到一個裝有許多蛋的孵蛋器。他的反應是，「太棒了！有更多神國的老鷹要孵出來了！」然而，當蛋孵出來時，卻不是老鷹而是鴿子。

此異象引起這小組許多想法和見解。老鷹象徵強大而能獨力作戰的領袖，鴿子則是整群翱翔天空，要改變方向時就立刻同時改變，像有外部力量操縱似的。老鷹是肉食，鴿子吃種子，然後把種子排泄到地面上。老鷹代表力量，鴿子代表溫和與和平。鴿子是聖靈的象徵。

只有領導層徹底改變，方足以迎向在這世代在我們眼前展開的翻天覆地的改革。

神正在尋找那些走路一拐一拐的領袖：那些人像雅各一樣，曾和神摔跤並無條件投降了（參考創世記三十二章24～32節）。神希望興起那些在順境和逆境中都跟隨祂，而從挫折和挑戰中學到教訓的領袖。對新約聖經中的領袖而言，他們惟一的保證是，會遭受迫害，而不是專業上的獎賞和公開的讚揚。他們的訓練來自曠野學校如堅硬石塊般地對待，而不是神學院的知性問答。他們以基督的簡純為寶貴，並期待在服事中親身經歷聖靈的大能。

神正在尋找那些向著自己野心死的人。他們已經治死成為目光焦點的渴望，也把自己的計畫和事工釘在十字架上了。他們不需要掌控什麼，情願沒沒無聞，在這個世界上無足輕重。他們正在尋找為他人捨命的方式。[1]

我們覺得渥夫根‧辛森對使徒的描述很棒，他說使徒就是「流淚的父親，渴望兒子超越自己」。[2] 沒有個人野心的餘地，因為神不跟別人分享祂的榮耀。我們的謙卑是讓別人看見祂榮耀的唯一途徑。當我們學會誇我們的軟弱時，神的能力就顯明出來（參考哥林多後書十二章9節）。

在馬太福音二十章25至27節，耶穌用不算短的一段話談到領導。祂說：

> 你們知道外邦人有君王為主治理他們，有大臣操權管束他們。只是在你們中間，不可這樣；你們中間誰願為大，就必作你們的用人；誰願為首，就必作你們的僕人。

我們確實知道世上的領導是什麼樣的；就是劃分階級和操權掌控。但耶穌說，神國的領導力是情願做奴僕服事。耶穌就是這種僕人領導的最高榜樣。祂為門徒洗腳，服事他們。祂為別人捨命。甚至將來在天上的婚宴也很可能是由祂來服務我們（參考路加福音十二章37節）。

保羅讓我們進一步了解領袖的本質，他說：

> （我們）只在你們中間存心溫柔，如同母親乳養自己的孩子。我們既是這樣愛你們，不但願意將神的福音給你們，連自己的性命也願意給你們，因你們是我們所疼愛的。
>
> （帖撒羅尼迦前書二章7～8節）

新約聖經的領袖們以身作則，溫柔又有愛心，隨時準備為他們所關懷的人捨命（參考彼得前書五章2～3節）。

請留意耶穌給祂那時代的宗教領袖的警告：

> 你們不要受拉比的稱呼，因為只有一位是你們的夫子；你們都是弟兄。也不要稱呼地上的人為父，因為只有一位是你們的父，

149

就是在天上的父。 （馬太福音二十三章8～9節）

然而，在今天的基督教界，我們使用牧師這樣的頭銜，而且常把領袖放在顯要地位上。當走到極端時，就變成偶像崇拜。這並不完全是主任牧師的錯。傳統教會的文化是以這種方式建立起來的，所以我們自然會傾向那樣看待領袖。牧師被期待扮演的角色是執行長（CEO），而不是蒙召的僕人。作為支薪的專業人士，牧師不僅被期待從神那裡聽到關於教會方向的信息，還被期待組織事工，探訪病人，還得擁有完美的家庭生活！難怪許多人為了達成這些不可能的期望，最終在道德、情感或身體上都以沉船失敗收場！

幾年前，巴拿研究中心針對固定上教會的成年人做了全國抽樣調查，問他們期待自己教會的牧師在哪些職責上應有優秀表現。結果令人瞠目結舌：多達十五項不同的重責大任，涵蓋管理、關係建立、教導，到學術研究。另一並行的研究顯示，其他位置上的領袖——無論是企業界、政府、教育、或非營利組織——沒有人期待他們精通那麼多不同的職責。當然了，這種工作職責表注定失敗。有一點務必知道，這所謂的工作職責表，其實是上教會的人拼湊出來的——神的話語裡可沒有傳達給我們這樣一張期望清單。

領袖的資格

領袖應具備哪些資格？聖經沒有說他們必須有神學院訓練或神學學位，重點更多是在於品格問題和生活型態（參考提摩太前書三章1～13節；提多書一章6～9節）。（這並不是說學術能力無關緊要——畢竟，保羅是按照當時的標準受過高等教育的。但我們認為，那類訓練應該更可能

是用在戰略性、區域性的層次上，而非一般簡單教會的日常生活上。）討論簡單教會如何持續培養領袖並加以訓練，非本書篇幅所能容納。這方面，我們強烈推薦高紐爾的佳作《有機領導》（Organic Leadership）。

以下是領導風格比較表。從內容看，是概括性的描述，難免有些一概而論的危險。我們並無意全盤推翻老派的領導風格──畢竟我們當中也有不少過來人，當時都是那樣為神而活的，許多傳承教會領袖都是神的謙卑僕人。但是體制確實造成不同。教會的組織架構扮演了重要角色，因為在大多數尋求人數增長的傳統教會架構內，都需要一隻「鷹」來帶領，才能勝任；但是鴿群可以帶領簡單教會。

新約的領袖

新約的領導層是「扁平的」，或不分階級的。希臘文 *poimen*（牧師／牧人）的名詞，在新約聖經共出現十四次，只有一次是指教會中的一項功能，其餘都是指耶穌。新約聖經裡的教會領導都是由多人或團隊一起分擔的。

聖經的確提到選立長老和執事，有些人覺得每一間家教會到一個階段，都應該由一位長老來監督和照顧。另一些人認為，新約聖經的領袖──以按立「長老」的形式──更有可能是在一個地區或城市的範疇，而非在個別的家教會內。[3]

因為聖經並未就此主題完全講清楚，所以我們盡量不要對建立領導的方式持教條主義的態度。聖經清楚講明的是，我們迫切需要屬靈的父母來協助提供簡單教會所需的穩定，並關懷群體中的每一個人。頭銜並不重要；功能才是重點。

傳統範式	簡單範式
領導由一人主導	耶穌是教會全體之首（歌羅西書一18）
老鷹	鴿子（帖撒羅尼迦前書二7）
有階級高低	扁平式（馬太福音二十25～28）
本於屬靈恩賜	本於品格（提摩太前書三1～13）
在神學院受過學術訓練	在實際處境中受聖靈訓練（哥林多後書十一22～29）
執行長CEO——維護事工運作與顧客滿意度	流淚的父親，渴望兒子超越自己（帖撒羅尼迦前書二7～12）
管理事工與程序	以服事他人為不可少的事（馬太福音二十26～27；哥林多後書四5）
「你來提我的公事包」	「我來提你的公事包」（哥林多後書十二15）
講臺上的高能見度	群眾中的一分子（以弗所書二20）
超級明星——引人注目	普通人——捨命（約翰福音十五13；哥林多後書四7～12；加拉太書二20）
領袖的異象最重要	裝備並釋放他人奔赴他們的異象（以弗所書四12）
展示自己的恩賜／才幹	裝備他人去服事（以弗所書四11～12）
權柄從地位而來	屬靈權柄是從與天父的關係而來（約翰福音五19，八28）
中央集中的權力、權柄、控制	權力與權柄去中央化並且授權（哥林多前書三5～9）
建立一個帝國	建立神的國度（以弗所書四11～12）
拉高領導資格標準	降低領導資格標準（羅馬書十六章）
很難倍增	容易倍增（使徒行傳十六5）
控制在手掌心	「失控」——由聖靈掌控（約翰福音十六13）

以人數、金錢與不動產來衡量成功與否	本於順服與忠心來看是否成功（使徒行傳五29；提摩太後書二2）
「我能飛多高？」	「我能降多低？」（哥林多前書四10～13；哥林多後書十二9）
追求地上的成功與受敬重	追求永恆的獎賞（腓立比書二5～8，三7～9）
忽視比自己弱的人	尋求服事弱者（哥林多前書十二22～24）
男性居統治地位	男性與女性（羅馬書十六章）
指定繼承者	養育許多兒女（提摩太後書一2；提多書一4；腓利門書一10）
專業地提供專門知識	每個人都可加添價值（哥林多前書十二章）

153

　　教會的領導高於地方教會的範疇，正如我們在保羅和其他人的事工所見到的，例如耶路撒冷會議（參考使徒行傳十五章）。在今日教會中，我們看到主仍然在工作，產生使徒、先知、傳福音者、牧師和教師，就像他在以弗所的信徒中間所做的那樣。4

　　新約聖經告訴我們，教會是建立在使徒和先知的根基上，根基是看不見的，沒有威望或地位，但若沒有他們，建築物就會倒塌。論及使徒，保羅這樣說：

　　我想神把我們使徒明明列在末後，好像定死罪的囚犯；因為我們成了一臺戲，給世人和天使觀看。我們為基督的緣故算是愚拙的，你們在基督裡倒是聰明的；我們軟弱，你們倒強壯；你們有榮耀，我們倒被藐視。直到如今，我們還是又飢又渴，又赤身露體，又挨打，又沒有一定的住處，並且勞苦，親手做工。被人咒罵，我們就祝福；被人逼迫，我們就忍受；被人毀謗，我們就善

勸。直到如今,人還把我們看作世界上的污穢,萬物中的渣滓。

(哥林多前書四章9～13節)

誰想要報名作使徒?

使徒保羅寫信給哥林多教會,說:

你們學基督的,師傅雖有一萬,為父的卻是不多,因我在基督
耶穌裡用福音生了你們。　　　　　　　(哥林多前書四章15節)

保羅既「生」了哥林多教會,自然被哥林多信徒視為使徒。顯然,並不是每個說出一句預言的都是先知,也不是每個建立教會的人都是使徒。然而,有些人**蒙召為**使徒,有些人**蒙召為**先知。這是合乎聖經的,是升天的耶穌給祂的教會的禮物(參考以弗所書四章8～12節)。

在哥林多前書十二章28節,保羅顯然列出了一個分等級的職事清單──「第一是使徒,第二是先知,第三是教師」等等。這是否意味著使徒就是教會中最有權力的人?不是。保羅的描述更適合用於房子的建造來說明。蓋房子的時候,首先你需要一個建築師,然後有人灌地基,然後有人做板模,等等。使徒──字面意思是「奉差者」──是被派出去建立教會的人。但也需要先知為那教會提供異象。也需要教師提供對神之事的正確理解。每一樣恩賜扮演不同的角色。

在使徒行傳,我們看到使徒團隊巡迴各地宣教。例如,原是教師和/或先知的保羅和巴拿巴被差派作為使徒,開始第一次巡迴佈道(參考使徒行傳十三章1～4節;十四章4節)。接著我們看到保羅和西拉一起(參考使徒行傳十五章40節),後來保羅又聚集幾位弟兄形成一個宣教團隊(參

考使徒行傳二十章4節）。毫無疑問地，他是要教他們教會繁殖的原則。同樣，先知亞迦布也和其他先知一起團隊服事（參考使徒行傳十一章27～28節）。

從老鷹變出鴿子

簡單教會運動已出現在雷達螢幕上，其明顯的成功使它處於易受傷害的位置。如果出現的是舊領導模式「老鷹」型領袖——我們無一人豁免權力和控制慾的誘惑——這場運動很快就會走回頭路，不過又是一個分裂基督身體的宗派罷了（參考哥林多前書一章10～13節）。惟靠神的恩典，我們才能繼續走在正軌上。

剛搬來美國時，神讓我們在祂的訓練學校待了九年。若由我們做決定，是絕對不會選擇那條路的，但我們知道那是神在預備我們投入目前的服事。我們常聽許多人訴說遭遇極大的難處、受各種各樣的苦——財務困難、關係破裂、健康問題、情緒的挑戰等等。不免心想，**這是神正在動工要從老鷹變出鴿子嗎？他們是否正在祂的曠野學校學習向自己死？神正在為祂的國預備更多領袖嗎？**

 註

1. 有關這部分的領導力，請詳見高紐爾的佳作：*Organic Leadership* (Grand Rapids: Baker Books, 2009).
2. 摘自渥夫根・辛森2001年在我們家傳講的一段話。
3. 有兩節經文談到此一主題，使徒行傳十四章23節敘述保羅和巴拿巴重回兩人設立的教會並選立長老，「就把他們交託所信的主」。可是在提多書一章5節，保羅卻指示提多在各城設立長老。
4. 以弗所書二章20節，若要深入探討使徒、先知、長老和執事的角色，就超出本書範圍了。

第 **18** 章
在多元中合一

教會出現以前好幾百年，先知約珥就預見了，有一天神的百姓當中將不再有種族或性別的不平等。他預言神會將祂的靈澆灌凡有血氣的——無論男女，奴隸或自由人。

> 神說：在末後的日子，我要將我的靈澆灌凡有血氣的。你們的兒女要說預言；你們的少年人要見異象；老年人要做異夢。在那些日子，我要將我的靈澆灌我的僕人和使女，他們就要說預言。
>
> （使徒行傳二章17～18節）

約珥知道神澆灌祂的靈，將不只在猶太人身上，也在全人類。萬民中的男男女女都將靠著聖靈大能去傳揚天國的福音。在使徒行傳二章中，彼得引述這些話時，正處於奴隸制度司空見慣、婦女被視為僅僅是家產的時

代。幾個世紀以來，我們看到一些不平等現象已逐漸消失，我們只希望教會現正進入如同加拉太書三章28節所說的時代：「並不分猶太人、希臘人，自主的、為奴的，或男或女，因為你們在基督耶穌裡都成為一了。」

教會中的種族多樣性

常聽人說，美國種族隔離最嚴重的時間是星期天早上，不同種族的人各自上自己的教堂。[1] 我們卻禱告說：「願祢的國降臨；願祢的旨意行在地上，如同行在天上。」（馬太福音六章10節）當我們讀到啟示錄關於圍在寶座前敬拜神的一大群人的描述時，神給了我們一個關於天堂將是什麼樣子的畫面：

> 此後，我觀看，見有許多的人，沒有人能數過來，是從各國、各族、各民、各方來的，站在寶座和羔羊面前，身穿白衣，手拿棕樹枝。　　　　　　　　　　　　　（啟示錄七章9節）

在美國不同種族的人持續遭受極度不公正的待遇，早已不是祕密。即使在今天，偏見仍舊蔓延，歧視以多種形式出現：社會上，金錢上，司法和政治上。儘管一些政治家試圖糾正這些不公平現象，但是教會卻沒有做些什麼來糾正這失衡現象。

我們的一位朋友是非裔美國人，他被所屬宗派選作「黑人代表」，被安排在一間教會擔任助理傳道。但一些會友拒絕接受讓黑人擔任領袖職位的想法，就在參與上和財務上採取抵制。當比較富有的人紛紛離開教會，宗派領袖就向抗議者屈服，要求這人離開教會，好讓一切照舊進行。

在另一場合，同樣這位弟兄應邀在某教會的弟兄晚宴上講道。結果有

些弟兄拒絕出席晚宴，稱那是「最後的晚餐」，因為讓一個黑人上臺講話。

大多數基督徒聲稱自己是色盲。他們會說，在耶穌裡人人平等，因為膚色對祂不重要，對他們也不要緊。聽起來這是一個好的開始。但我們的非裔弟兄姊妹會告訴你，這不是他們想要的。他們要的是基督的身體積極地歡迎多樣性，享受族群差異，以多元文化為樂。除非我們承認並擁抱、接納各部落、各語言、各民族，否則教會是不完整的。

我們在簡單教會裡如何處理成員的多樣性呢？根據全國性的研究顯示，參與簡單教會的非裔美國人大約是其他族群參與簡單教會比例的兩倍。[2] 簡單教會也完全適合有看重家庭的文化的拉美裔人口。我們可以選擇走出舊有的道路，確保在簡單教會的各個層面——從領袖到聚會中——都包含不同文化的人。

教會裡真正的多元化不會沒有它的挑戰——比如音樂。非裔美國人常發現，與他們的文化所熱愛的節奏和活力相比，盎格魯世界的音樂相對平淡。我們的一個黑人朋友最近參加了一場由白人音樂家主領黑人會眾敬拜的聚會，那段時間是乏味的，直到後排有人開始唱著名的振奮心靈的《哈利路亞》。他說，氣氛有了變化，整個會眾開始毫無保留地歡唱。他形容說，是「突破萬難終於找到天堂的音樂」。

同樣，我們也需要在多個不同領域排除萬難找出天堂文化——但一切努力都會是值得的。

我們有很多地方要向其他文化學習。我們的非洲裔美國人朋友湯馬斯・韋恩（Thomas Wynn）和理查德・福爾克斯（Richard Fowlkes）最近得到了一個出鋒頭的機會，但他們自願選擇繼續做卑微服事。在他們自己的簡單教會網絡中，他們以實際的方式互相關心，體現新約聖經無私僕人

的原則。理查德甚至每天都要花幾個小時載同社區的一些年輕人去工作，因為他們沒有交通工具。

我們喜歡湯馬斯示範新約領導的方式。身材高大的他站在一名坐在椅子上的人的上方，說：「這就是教會過去的領導方式：『我遮蓋你。』你將實現我的異象。」但接著他跪下來，以便面對面地看著這人，說：「但是在簡單教會裡是這樣子，我們在同一水平上，你認識我，你看到我是怎麼過生活，看到我怎樣和我的妻子和孩子互動。如果你喜歡你所看到的，你就邀請我帶領你。」

他繼續說：「現在我走到房間的最高點。」然後他跪下，握住那個人的腳，「從現在起，我在這裡為你和神所賜給你的異象服務。我所有的資源都可以給你使用。你要我站在什麼位置，好讓你在基督裡能充分發揮潛能？如果你希望我只能和你的腳踝一樣高，請讓我知道，我就會再次降低。」他向那人解釋說，過一會兒，他將得到醫治和實現。為了證明這一點，他請那人高舉雙手站起來讚美神。

「現在你要怎麼領導別人？去這室內最高的地方……」然後他領那人去跪在別人的腳前。

多麼有震撼力的一課！為了福音的緣故，這些基督徒欣然接受了幾個世紀以來所反對的：奴隸制。但願整個基督身體都能從這個例子中學習！

基督徒也許了解需要為所有人伸張公義和平等，但我們需要更進一步真心擁抱每一種族。簡單教會運動是否挺身迎向這挑戰？我們會支持天堂的多元化文化嗎？我們是否足夠關心以致願意改變？

婦女在神國之中的角色

「半身不遂」一詞被醫學專業人士用來描述有一邊身體是癱瘓的（如

中風後發生的）。同樣，西方世界的基督身體也可被描述為半身不遂；基督身體有一半在大多數情況下不起作用，因為婦女通常被排除在戰略角色之外。甚至在西方背景下的簡單教會，大多數領導人都是男性。

傳統上，在許多相信聖經的福音派教會中，婦女並不在領導階層。婦女可以帶領主日學校或禱告事工，但當談到帶領整個教會，或是擔任指導基督身體的職位時，除了一些特例之外，通常不包含女性，因為某些經文顯然限制她們的角色。目前在美國的所有更正教的主任牧師中，只有9%是女性；此外，天主教教會中沒有女神父。[3]

161

這些年來，教會中的女性因各種不同的理由被擋在領導階層之外：

* 「當然，在神之下，人人平等；只是我們各有不同的角色。」（這聽起來非常像喬治‧歐威爾《動物農莊》裡的名言：「所有動物一律平等，但有些動物比其它動物更平等。」）

* 「女性可以領導——透過對丈夫施加影響力來領導。」

* 「神確實使用女性，但只有當祂找不到一名男性來做那件事的時候。」

相信聖經禁止婦女在教會內教導或領導的信念，導致了一些荒謬的情況。中國基督教作家和教會領袖倪柝聲從兩位有天賦的女傳教士那裡學到了很多東西，但是因為她們不被允許教導男人，所以至少有一次，只得用一大幅白布將廳堂分隔為二，男人們坐著聆聽白布後方的婦女傳講的信息。[4]

我們在英國參與的教會運動起初也服膺此一哲理。1970年代我們經歷一段復興時期，神在全英各地施行令人興奮和非比尋常的事。但是，當丁

湯尼出席男性領袖週末營時，費莉絲不得不留在家中。他回來的時候總是很興奮，領受滿滿的祝福，而她卻待在家裡應付孩子和尿布。這並不是費莉絲不想待在家帶孩子——她喜歡在家照顧孩子，也很高興丁湯尼能與主相遇——但她仍然覺得被排除在真實的聖靈運行之外，只因性別的緣故。[5]

顯然神賦予男性和女性皆具備聽見祂聲音並將信息傳遞給基督身體的熱情。但是有太多時候，女性被告知只能透過丈夫施加影響力。

許多婦女渴望去到真正行動的地方，許多時候，那都是在男人的聚會中發生。神常常給女人像男人們一樣有參與神國策略的願望，雖不一定包括在公眾面前的領導地位，但可能意味著想要更多參與規劃和策略思考，結果卻因性別而受阻，往往導致深刻而強烈的悲傷和失望。

年復一年，費莉絲不知流了多少小時的眼淚，為被遺漏在神正進行的美好事情之外而感到沮喪，僅僅是因為她的性別。她一次又一次地問主，為什麼她有以這種方式服事祂的願望呢？是祂給的？抑或只是世俗、自私的野心？假如是祂給的，能不能請祂拿走，這樣她就能心甘情願像她應該那樣地坐在場邊？

婦女感到沮喪和無助，與在其他領域（如種族和社會階級）受到歧視的人非常相似。

然而，以費莉絲的情況，她想看見神國擴展，遠超過任何其他的事。如果這意味著要她坐到後排，那她會照做。如果聖經真的說，女人不可參與，那麼她願意順服。

搬到美國以後，我們最終投入了簡單教會。在神的這一行動中，領導階層對女性沒有歧視。今天，在簡單教會運動中，婦女在基督身體內充分發揮功用；有些在設立教會，有些充當區域網絡的催化劑，另一些則作教導。有些女性是使徒，另一些是先知，沒有因為她們的性別而有任何障

礙。

　　耶穌的死給我們帶來自由，不是囚禁。聖經，尤其是新約聖經的整體趨勢是走向自由和解放。由耶穌祂自己對婦女的態度可以確認這一原則，祂平等地對待她們。祂的一些最重要的神學談話是與婦女談的，如馬大和井邊婦人。婦女在服事上支持祂，陪伴祂，甚至在祂死後也去看祂的墳墓。有一個女人為祂的埋葬而預先膏祂，祂選擇在復活後第一個顯現的對象是抹大拉的馬利亞，是個女人。

　　在整部新約聖經中都提到女性擔任親愛的同工。在羅馬書第十六章指名提到的二十一人中，有七名是婦女，其中一位（猶尼亞）是居領導地位的使徒。[6]

　　基督徒經常站在解放議題的前線，好比為廢除奴隸制度而戰的威廉・威爾伯福斯（William Wilberforce）和哈里特・比徹・斯托（Harriet Beecher Stowe），他們都是基督徒。

　　但神也經常使用社會對教會說先知性的話。當今社會上，婦女比以往任何時代都更加受到重視。教會是多麼慢才注意到神允許發生在我們周遭世界的事啊！

　　我們在加拉太書三章28節看見，不分猶太人或希臘人，不分奴隸或自由人，也不分男女，所有在基督裡的人都是一體的。女性平等的時代早就該到了，這不是一種激進的女權主義，而僅僅是需要承認婦女在價值上是平等的，並完全能夠在教會中扮演策略性角色。

　　在1983年，我們有幸與牧養當時世界最大的教會的趙鏞基牧師共度一段時間。趙博士那天說的極富洞見的事情之一是：「你們西方人絕對不會看到神的行動，除非你們使用婦女。婦女一直是在韓國發生的事情的關鍵。」

163

在世界各國，神已經以非凡的方式使用女性。在中國，婦女和青少年在毛澤東迫害最黑暗的時期傳福音，那時男人都被監禁。在印度這樣的國家，許多婦女在開拓教會。我們的一位朋友，一位六十多歲的家庭主婦，已經訓練了八千多名婦女，從而設立了六千多間教會。另一位美國朋友，一位三十多歲的年輕女子，目前在印度農村地區工作。在她在那裡才幾年就看到七百多間教會設立。

莫三比克的海蒂‧貝克（Heidi Baker）是現代女性使徒的真實例子。她與丈夫羅蘭（Rolland）一起見證了一萬多間教會的開設，主要是在非洲的莫三比克和周邊國家。7

由於聖靈（聖經的作者）必不違背聖經原則，因此我們務必真正了解聖經中一些似乎說女性角色相對較不重要的難懂經文。

讓我們以其中一段難解的經文為例。乍看之下，哥林多前書十四章34至35節似乎很清楚：女人在教會裡要保持靜默。

> 婦女在會中要閉口不言，像在聖徒的眾教會一樣，因為不准她們說話。她們總要順服，正如律法所說的。她們若要學什麼，可以在家裡問自己的丈夫，因為婦女在會中說話原是可恥的。

然而，有問題的第一個跡象是，舊約律法中無一處規定婦女要順從男人。我們從哥林多前書十一章中知道，女人可以在會中開口，因為那裡說她們禱告和說預言時要蒙著頭。

要真正理解這段經文的意思，需要從上下文去思考。哥林多前書七章1節用這些話開始：「現在來談談你們在信中提出的問題吧……」（NLT，新普及譯本）。顯然保羅要開始針對哥林多教會之前寫信問他的

問題，逐一回答。

在哥林多前書十四章中「閉口不言」（sigao）這個字用了三次，應是為了回答教會在某一封信所提出的問題。保羅在第28節也用了同一個字，是說在場如無人可翻方言時，說方言的人就要閉口不言，只對自己和神說。在第30節，保羅講到如果同時有一人以上發預言時該怎麼處理，他說那先說話的就當閉口不言（sigao）。

第34節同樣用這個字來指婦女在會中當閉口不言，這節之所以難解，是因為本段並未先講明要討論的問題是什麼。也許保羅覺得從他的回答對方即可明白。我們可以假定有些婦女在會中提問題而干擾到聚會，保羅告訴她們要閉口不言（sigao），若要學什麼可以在家裡問自己的丈夫。

無論是上述哪種情況，都不會有人認為「閉口不言」是永久性的、也不是在每次聚會中都如此。該指示只是針對某些特定的情況。然而，長久以來教會一直都用第34節叫女性在會中閉口不言。甚至到今天，還有一些教會禁止婦女在他們的崇拜聚會中開口（甚至不准出聲禱告）。

每當我們談到這個話題時，總有婦女在會後流著眼淚來找我們，她們多半都曾在某種程度上被教會對婦女的態度傷害過。

最近，我們看到一些在簡單教會運動中的男性領袖，為過去幾百年來對待婦女的方式深深地悔改。特別是他們悔改後，藉著宣告婦女有自由做神呼召她們做的任何事來認可婦女的時候，真是個醫治大大降臨的時刻。

當然，並非每一位婦女都蒙召擔任領導角色（就像並非所有男人都被呼召去領導）。但是，許多婦女並不滿足於只照顧家庭和家人，這也沒問題——如果神有呼召她們的話。對於大多數婦女來說，確實會有個季節需要以照顧孩子為主要焦點。

然而，對於許多女性，阻礙她們自由進入重要領導角色的障礙仍然存

165

在——即使這些障礙主要存在於我們自己的頭腦中。我們有一隻巧克力色的拉布拉多犬，叫「糖糖」。雖然很呆萌，但體內拉布拉多的部分令牠喜愛四處遊蕩。我們家四圍柵欄有一自動門，糖糖過去總愛趴在柵欄內等待車子出去柵欄即將關閉的瞬間衝出去，為自己爭取自由。由於種種原因，我們決定是時候阻止牠跑出去了。所以我們在門前車道上安裝了一個看不見的柵欄，其作用原理是，如果狗越過那條看不見的線，牠項圈的電池就會發電給予一陣電擊。

一般說來，糖糖並不是一隻學得很快的狗，但是，才不過被電了幾次，這些讓牠受驚嚇的經驗就讓牠學會不敢往大門外衝了。從此，牠會乖乖地坐在車道上，渴望地望著敞開的大門，但絕不會試圖越過那條線。即使項圈上的電池沒電了很久，牠也不衝出門外。牠已習慣於待在自己的界線之內。

我們當中的女性已經習慣了與性別有關的界限。即使這些障礙已不復存在，但我們仍然不能自由地行使我們在基督裡擁有的自由。作為基督徒女性，我們需要向神祈求遠見和勇氣，超越教會傳統的藩籬，做祂希望我們做的一切事。

在使婦女自由奔赴命定上，男性也有可扮演的角色。丁湯尼是一個非常有天賦的溝通者，但他逐漸了解到，費莉絲只有在他閉口不言的時候才會暢所欲言。對許多丈夫來說，只有一個方法能幫助妻子在神的國度內得著正確的位分以平等身分事奉，就是坐下來，喜樂地推動妻子去發揮恩賜。剛開始，也許看起來教會的男性比女性做得更好，但那只是因為他們有比較多的操練機會罷了。從長遠來看，讓婦女運用她們的恩賜，可促使基督身體更充分地呈現出來。

千百年來不知看過多少男性領導相互較勁、你爭我奪，抓權抓地位，

高舉自我，以及追求引人注目。女人可以從中記取教訓，當女性有機會進到策略性位分，讓我們刻意選擇謙卑和服事的道路！

作為女性，我們現在面臨一些選擇：可決定教會欠我們一些地位，那些地位和權柄是我們當得的，我們有權獲得合法屬於我們的東西。但也可自願地選擇放下權利，參與在神做的任何事情中，以謙卑的態度服事。我們有著好幾個世紀學習如何服事他人和為他人捨命的優勢。當女性願意接受那呼召，去做祂讓我們做的任何事，基督的身體將變得更加豐富。

真理有兩個翅膀

在簡單教會運動中，神學觀點極具多樣性。目前，我們似乎涵蓋了傳統基督教信仰的全部觀點。並且到目前為止，每個人似乎都樂於接受各種觀點，而沒有任何分裂的跡象。但歷史告訴我們，這並不完全證明是正確的。我們可能會被迫做出選擇。我們儘管有神學上的分歧，但是否仍然合一地站在一起？還是我們允許神學上的歧見分裂我們？聖經記載耶穌最長的禱告，是為祂的百姓能合而為一的祈禱（參考約翰福音十七章）。

丁湯尼喜歡辯論。在學校裡，他喜歡用言語把人綁起來，特別是在課堂上的公開辯論上。但真實生活，特別是基督徒的生活，不是一場辯論，而是一趟旅程。這不是說我們已經到達目的地，而是剛剛啟步的旅程。我們喜歡自認為知道所有答案，但實際上，學習越多就越認識到，不僅有其他人知道更多，而且很多其他人對事情的看法與我們不同。

以前我們在倫敦東區開拓教會時，常接到「燙手山芋」（在英國「燙手山芋」是指棘手的話題）夜晚。我們探討過的主題有：軍國主義與和平主義，加爾文主義與阿米念主義，婦女的服事和婦女在會中閉口不言等等。一天晚上，在一場關於末世論的辯論（圍繞著基督二次降臨的問題）

中，由兩位教會上演了一場其他人都不知情的模擬戰。教會另一位知名領袖被安排到聽眾中，當那兩位領袖辯論時，他起身挑戰他們的論點。他和其中一位爭論不休，有一位會眾終於忍不住，大喊：「如果這真的是你們所信的，那我就要離開這教會！」說完就衝出房間。一切都按計畫進行。眾人都目瞪口呆，有些人甚至流淚。最後，他們停下來解釋說，這只是一個「現場」示範，說明在這樣相對無關緊要的議題上分裂是多麼愚蠢。使我們合一的真理遠遠多過造成分裂的議題。

為什麼在神學議題上，我們都這麼有把握自己是正確的，其他人都需要贊同我們的觀點？實際上，在我們選擇探索的任何議題上，都可以找到同樣真誠和敬虔卻持不同觀點的人。這難道不應該給我們一些謹慎和謙卑的理由嗎？

幾年前，House2House的全國會議上，來自莫三比克的知名五旬宗宣教士羅倫‧貝克分享他在神大能運行中的經驗。許多人被神感動，出現一些被認為是非常奇怪的彰顯，例如「神聖的喜笑」、被「聖靈擊倒」、說方言等等。與會者有50%以上從沒有接觸過這些事，因此引發許多問題，我們認為應該在整個大會上解決。在當晚的大堂聚會，每個人都在場，我們用老派英國人處理「燙手山芋」的方式做了一點安排。來自阿比林基督教大學受人尊敬的學者肯特‧史密斯，對正在發生的事有一些疑問，就詢問高紐爾（來自恩典兄弟會／無靈恩背景）和丁湯尼（眾所皆知有靈恩背景）。那晚的時間非常有意思，也是個帶來醫治的時間，所有參與的人都大得幫助，所有可能的緊張關係都消除了。非靈恩派的高紐爾，把話說得很白，他說在此所見的現象無論是聖經上或歷史上，都有清楚的前例可循，同時丁湯尼則談到，任何關於恩賜的經驗或聖靈的彰顯，如果沒有相應的品格，就不過是「鳴的鑼，響的鈸」（哥林多前書十三章1節）。

在經歷神的事上有很多地方需要平衡和再平衡。是祂揀選了我們（參考羅馬書八章29節），但我們也選擇信靠祂（參考約翰福音一章12節）。無一事物能使我們與神的愛隔絕（參考羅馬書八章39節），但我們可以清楚選擇與祂分離（參考希伯來書十章26節）。除了聖靈，沒有能說耶穌是主的（參考哥林多前書十二章3節），但保羅可以問以弗所的信徒：「你們信的時候受了聖靈沒有？」（使徒行傳十九章2節）

真理往往有兩隻翅膀。[8] 成熟的一部分是學會活在真理的張力中，「耶和華說：我的意念非同你們的意念，我的道路非同你們的道路。」（以賽亞書五十五章8節）神不受我們的邏輯或理解力所束縛。

169

我們掙扎其中的許多觀念都屬於這一類。我們得救是本乎恩也因著信，這是神所賜的（參考以弗所書二章8節），然而我們仍然必須「恐懼戰兢做成（我們）得救的工夫」（腓立比書二章12節，但也要注意第13節「這都是神在你們心裡運行」）。我們已經看到關於律法和恩典的信念導致基督徒分歧。我們已經看到加在基督徒身上的遵守律法的義務，我們也聽到了恩典以愛爭取我們做出類似的回應。強調哪邊才是正確的？這一類問題有不同面向，可以憑熱情去爭論、也可以根據聖經來辯論，我們要怎麼做出決定？

部分答案必須是，我們要學習接受差異。我們要為基督身體中有不同見解而感到高興。我們珍視那些從另一個角度看事情的人，我們要刻意尋找機會向他們學習。我們學會對我們所信和經歷的上帝的良善充滿熱誠，同時也承認神可能會選擇在其他人身上採取截然不同的方式動工。

由於基督徒對神學的枝微末節意見分歧，以致分裂而產生新的宗派和教會，這在教會歷史上所在多有。我們的禱告是，作為一個運動，我們不會因為彼此信念的差異而分裂，相反，我們更要在基督裡為合一而努力。

註

1. 依據伯特利大學（Bethel University）和好研究（Reconciliation Studies）的教授 Curtiss Paul DeYoung，他也是 *United by Faith* (New York: Oxford University Press)的共同作者，全美國的教會中僅約5%是種族融合的，他所謂種族融合的定義是，會友中起碼20%是該教會的主要族群之外的另一種族。

2. 這是基於巴拿研究中心所進行對全國各地2,009名成年人的隨機抽樣訪談。在2008年上半年，通常每月至少參加一次簡單教會的聚會的成年人大約5%，同樣這樣做的黑人成年人僅略低於9%，此約有6%的西班牙成年人和4%的白人成年人，參加了簡單教會的活動。投射到全國，估計在2008年上半年約有一千一百萬名成年人有過家教會的經驗。

3. 這些數字摘自PastorPoll™，這是由巴拿研究中心（The Barna Group）針對全美更正教的主任牧師所做的追蹤研究，所獲得的平均數字來自三波的追蹤調查，分別在2007年11月，2007年12月，以及2008年8月，隨機抽樣1,833名主任牧師進行調查。

4. Angus Kinnear, *Against the Tide: The Story of Watchman Nee* (Eastbourne, Sussex, UK: Victory Press, 1973), 172.

5. 我（費莉絲）想補充幾個警告。首先，湯尼總是非常支持我，並鼓勵我按照神放在我心中的感動去做任何事。壓制婦女的，是制度。順帶一提，英國的教會團體已經完全改變了，現在帶頭朝教會內婦女平等的方向前進。其次，並非所有的女性都有和我一樣的熱情和渴望，那是好的。請不要認為我是因為這個責怪男人。他們也在努力照聖經的話去做。

6. 有人說猶尼亞（Junia）其實是猶尼亞斯（Junias，男性的名字），根據英國神學家Martin Scott指出，猶尼亞是一個很常見的女性名字。根據 P. Lampe指出，有250多個現代備註提及猶尼亞，但無一指猶尼亞就是猶尼亞斯。James D. G. Dunn, *Word Biblical Commentary*, vol. 38b, Romans 9–16, (Nashville: Thomas Nelson, 1988), 894.

7. Iris Ministries homepage; Administration, Iris Ministries, Inc., http://www.irismin. com/.

8. 這句話最早是由陶恕（A. W. Tozer）在他的《順服神》（That Incredible Christian）一書中使用。中文版由宣道出版社出版。

第 **19** 章

神國的財務

看任何運動都可以由其成員怎樣處理財務，而獲益良多。耶穌說，一個人不能同時事奉神和金錢。沒有什麼比教會和基督徒理財的方式更能清楚看到改變心意或思維方式的必要性了。

耶穌在登山寶訓中呼召我們「先求祂的國和祂的義」（馬太福音六章33節）。無論是在醫療界、企業界工作，還是擔任有給的聖職服事，我們都在嘗試「全時間」為主而活。我們其實相信工作不分神聖和世俗，當我們在醫療領域工作的時候，藉著帶領我們病人信靠主、或為他們的各種需求禱告，把信仰帶入我們的職業生涯，這就是為神國敞開大門。我們在企業界也同樣看到敞開的大門，使我們可將職場的同伙帶到基督前。

過信心生活

我們一直把我們的有薪工作看作是神為我們的宣教呼召供應金錢的一

種方式。而在無固定薪水收入的時候，我們繼續在「過信心生活」的現實中學習。

我們發現那四年的「過信心生活」，對我們大有益處。當時我們三個孩子年紀都很小，加上年輕家庭少不了的貸款和一般生活的所有帳單，真不知道我們怎麼存活下來的。但我們一直努力隨從聖靈引導，神也一直供應我們。記得有一次，祂挑戰我們捐獻最後的五元美金。在我們照做的幾小時內，竟收到一筆兩百元美金的奉獻！有時有人會在我們家門口留下一袋食物和必需品。有時我們的信箱裡會出現裝錢的信封。我們的錢似乎總是能一元抵兩元用。我們曾把足夠一餐享用的牛排冰起來，以備萬一食物吃光了，我們就計畫吃牛排作為「最後的晚餐」。但是主從來沒有讓我們失望，所以最後我們乾脆還是把牛排吃掉。

就在我們搬到美國之前，湯尼仍在一個服務醫生和其他專業護理人員的機構工作。我們天真地以為我們會繼續在美國做這項工作，並且只需一段時間就能像在英國一樣掙到薪水。但我們錯了！

我們到了美國以後，那事工一落千丈。很快財務就成了我們的大問題。沒有事工的支持，又因為沒有獲得在美國行醫的許可執照，所以我們失業了。所以為了維持生活，我們接受了一些卑微的工作。湯尼什麼工作都做，包括上門推銷和在跳蚤市場擺攤位。你想像不出一位傑出的醫生（或牧師）會去做這些事。但這確實造就出品格——以九年的時間培養的品格。

那段時期的後半，我們開始祈求神「賜下得貨財的力量給（我們），好堅定祂起誓跟（我們）祖先所立的約」（參考申命記八章18節）。我們求祂賜下創意的點子，祂回應了，那個點子讓我們得以創立到今天仍支持我們的公司，並使我們能夠把很多時間用來直接從事與神國度相關的事

工。這一路走來我們學到一件事，所有的工作都是神的工作，而且無論任何時候聖靈引導我們做什麼，都是為著「先求祂的國和祂的義」（參考馬太福音六章33節）。

醫治過去的錯誤

在西方，簡單教會運動仍在初始階段，在很多方面尚不成熟，特別是在財務領域。我們的部分挑戰是，面對過去曾因教會在財務方面惡待而嚴重受傷的基督徒。我們都聽過這類真實故事，他們在教會聽到教導說把金錢奉獻給主（更具體地說是捐給正在說話的牧師），就可以擺脫債務。許多人被這些真偽參雜的教導轄制，實為可悲。世俗媒體報導傳道者住豪宅、出入有豪華大轎車，而他們所牧養的人卻過著僅足糊口的生活。據陶德・強森（Todd Johnson）的研究顯示，每年有數十億元美金（沒錯，是**億**）被教會、事工機構、和那些被委託管理奉獻者挪用。[1] 看來猶大仍經常掌管著錢囊啊。再加上用於華麗新建築、事工、增加工作人員的費用動輒數百萬美元，不難理解為何人們會變得憤世嫉俗。

許多人是在較傳統的教會裡受傷害而離開以後，才加入該地區的簡單教會運動。他們對任何與財務有關的教導都十分謹慎。其結果，很多簡單教會幾乎不提奉獻，大多數人選擇奉獻給其他事工或計畫，而不是由他們的教會協調如何一致對外奉獻。或者更糟的是，他們的奉獻逐漸減少或完全乾涸。

這可能是個短暫階段的現象，但聖靈會來醫治這些受傷的人，但可能很短暫。聖經要我們慷慨施捨的教導是很清楚的，慈惠事工一直是每一個忠心的基督徒生活和事工不可少的。但是，耶穌和新約的作者都明確地說，捐獻要出自樂意的心，不要勉強。

團體奉獻

　　如果簡單教會或教會網絡尋求神，而獲得團體奉獻的異象，並照祂的吩咐去做，那麼從神國眼光來看，他們可以完成更大的工作。答案並不是忽略這主題，而在於看見人們獲得醫治，並在他們的生活中建立穩固的財務原則。但是，推動團體奉獻時需要保持高度的敏銳。

　　簡單教會敏銳地處理財務，有個很好的例子，發生在肯亞2007年選舉之後，由於選舉後的種族對立，數百人遇害，數十萬人無家可歸。此時我們收到了一封來自肯亞一個小型簡單教會網絡領袖的電子郵件，描述那些可怕的暴力行為。該教會幾名年輕女孩多次遭到強姦，並有許多人死亡。事實上，他的團體在一個星期內辦了十次葬禮。早在2007年，來自美國的一群簡單教會人士曾訪問肯亞，鼓勵發展簡單教會。在聽到這些暴行後，美國的團隊迅速建立了一個網站（http://www.simplechurchescare.com），提供主內肢體為這個貧困國家的人民捐獻的途徑。上線不到幾天，就收到數千元美金的捐款，他們用來購買食物、毛毯、藥品和蚊帳等，送往該國。這筆捐獻對難民營的影響是深遠的。

聖經的財務原則

　　讓我們更仔細來看金錢的主題。一如往常地，聖經提供我們賴以維生的原則。耶穌常談論金錢，祂講了許多與神國財務有關的比喻，祂一些最具挑戰性的教導就是關於這個話題。耶穌清楚強調說，我們不應該將安全感放在個人的財富或財產上，而應該倚靠神供應所需。我們可以事奉神或是事奉金錢，但我們不能既事奉神又事奉瑪門（金錢）。正如渥夫根・辛森喜歡說的：「你不是選擇靠信心而活，就是選擇靠算計而活。」[2]

　　這不是要你忽視新約教導我們應該親手做工養活家人（參考帖撒羅尼

迦前書四章11～12節），但我們需要明白，聖經強調要培養完全信靠主的態度。

在美國有很多人陷入個人財務的混亂，他們不明智地使用信用卡，把辛苦賺來的錢花在非必要的東西上，以致入不敷出。很少有人從父母、教育體系或教會，接受家庭財務管理的訓練。可悲的是，教會裡的人的財務狀況往往與教會外的人沒什麼不同。[3]

健全的財務原則在聖經裡俯拾皆是。約翰・衛斯理曾蒙神重用、為英格蘭帶來復興，他如此總結他對聖經有關金錢之教導的理解：「盡你所能地合法賺，盡你所能地存，盡你所能地奉獻。」[4] 我們要努力工作，簡單生活，並盡我們所能為神的國奉獻金錢。[5]

關於家庭財務的主題，有很多資源都很棒，包括冠冕理財事工的各項資源，[6] 大衛・馬洛尼（David Mallonee）提出的管家概念，[7] 和戴夫・拉姆齊（Dave Ramsey）的金融和平大學（Financial Peace University）。[8] 簡單教會可以從這些資源中大大受益。

我們需要認真看待耶穌在路加福音十六章11節所說的話：「倘若你們在不義的錢財上不忠心，誰還把那真實的錢財託付給你們呢？」如果我們，構成這簡單教會運動的人，在處理個人財務方面變得忠實的話，會發生什麼事呢？

簡單教會最大的優點之一，就是沒有很高的營運費用。他們通常沒有設備水電費用要支出，也毋需支付薪水。這就讓大量經費可用在宣教事工上、或捐給需要幫助的人。就我們所知，許多簡單教會的對外捐獻可多達奉獻收入的85%。在德州基林市（Killeen）的家教會協會（Association of Home Churches），神帶領所有的領袖帶職服事。過去的十二年裡，這個簡單教會網絡共捐出一百多萬元美金給慈善組織和宣教組織。

新約聖經清楚描述教會照顧那些需要幫助的人。

> 內中也沒有一個缺乏的；因為人人將田產房屋都賣了，把所賣的價銀拿來，放在使徒腳前，照各人所需用的，分給各人。
>
> （使徒行傳四章34～35節）

教會鼓勵弟兄姊妹先照顧自己的家人，至於那真為寡婦的，就由教會來幫助她們（參考提摩太前書五章3～16節）。而這種捐獻並不局限於本地，例如亞迦布預言會有饑荒之後，安提阿（位於小亞細亞）的門徒就為猶大地區（位於以色列地）的信徒募款（參考使徒行傳十一章28～30節）。

我們經常看到弟兄姊妹以實際行動互相關懷。有幾次，在我們參與的教會裡看到弟兄姊妹一起幫助無力支付汽車修理費用、或因未付帳單而可能被停電的人。

支持全職事奉者

大多數傳統教會為全職事奉者提供生活支持。哥林多前書第九章清楚表明，傳福音的人可以靠福音養生（見14節）。耶穌本身是由其他人，尤其是一群婦女支持的。耶穌常到人們家中短暫停留，他們為祂提供食物。

這些原則如何應用在簡單教會的背景下？雖然這主要是平信徒運動，但全職事奉者也明顯有可以服事的空間。就是那些因為經常旅行四處傳道或從事其他各種服事基督身體，以致無法自己上班來支持自己的人，大多數情況下，這些人目前接受經費的來源是較為傳統的——基金會、宗派、宣教組織等。還有一些人之所以能夠「全職」事奉，全因配偶願意支持他

們。　隨著簡單教會運動逐漸成熟，它應該能夠支持蒙召的自己人。我們應該像哥林多後書九章2節中的信徒一樣，慷慨地為那些服事基督身體的人奉獻。

然而，儘管保羅把原則說得很清楚，到各地傳揚福音的人從那些受益於他們服事的人獲得支持是應當的（參考哥林多前書九章5～14節），但他接著說，他寧願死也不願行使這特權（參考哥林多前書九章15節）。每當他在一個地方待上一段不算短的時間，就一定親手做工支持自己（參考使徒行傳十八章3節，二十章34～35節）。所以我們該怎麼做呢？一如既往，當聖經在某個方面沒有明顯交代時，答案就在於神針對我們特定的情況，有沒有說什麼。神國的財務是祂自己負責的，祂能讓我們知道祂希望我們採取哪條路。我們可以有基督的心思（參考哥林多前書二章16節）。

那些曾在傳承教會作過全職事奉，但現在蒙引導進入簡單教會的人，他們該怎麼辦呢？他們如何養活自己，特別是如果他們未具備從事其他工作的資格的話？

最近我們開始聽到一些見證，是關於神用各種新的方式幫助人們創造收入，祂引導人進入各種商業活動，然後賜福與這些企業。通常只一年左右的時間，這些人就能夠聘用別人來做事，讓自己再次得以自由地投入更多服事，但這次他們是由自己的企業提供經費。（成功的企業家可扮演教練或創造新工作，來幫助有需要的全職事奉者。）

其他簡單教會成員正在進入各種形式的就業。在提摩太前書第三章，領導人的資格之一是，在教會外有好名聲。當我們親手做工來支持自己，就為自己博得可信度，同時也獲得一個用前所未有的方式連結新社群的新機會。我們的一個好友從宣教工場回來後，到當地的沃爾瑪上班，他很看重這份有助於與他人連結的工作。另外一些在簡單教會運動中服事的人籌

177

募支持他們的經費，好像支持他們前往外國的宣教工場一樣。最後一點，在一些地方，神正在領導教會網絡協助支持已證明自己在神國裡結出好果子的夠格的領袖。

我們蒙召作君尊的祭司（參考彼得前書二章9節），沒有神職人員和平信徒的區別，我們都已蒙召「全時間事奉」。當領導者支領薪水時，問題是不管我們喜歡與否，它都會重新製造神職人員與平信徒的階級區分。

最近在House2House網站有一篇文章，標題是：「真有那麼簡單嗎？」比爾‧霍夫曼說：

> 關鍵在於傾聽我們天上司庫的心意，目前是奉獻的季節還是接受的季節？有可能我們一生都在這兩個季節間反覆移動。我們需要對我們天上的司庫「有耳可聽」。祂會讓我們知道什麼時候該奉獻，祂會確保有足夠的金錢順從祂的指示奉獻出來。到了該接受的時候，祂會告訴我們放下自尊心，接受祂的恩典。這兩種季節都有美好的祝福。「我並不求什麼餽送，所求的就是你們的果子漸漸增多，歸在你們的帳上。但我樣樣都有，並且有餘。我已經充足……。我的神必照祂榮耀的豐富，在基督耶穌裡，使你們一切所需用的都充足。」（腓立比書四章17～19節）[9]

神國的財務能否簡單到聆聽神的聲音，照祂所說的去做，然後將結果交託給祂？我們相信就是這麼簡單！

註

1. Todd Johnson, "World Christian Trends 2005," LausanneWorldPulse.com, November 2005, http://www.lausanneworldpulse.com/trendsandstatistics/ 11-2005.

2. Wolfgang Simson, "Organic Church Finances" （講道，講於2008年2月8～10日於加州長灘舉行的有機教會運動大會）。

3. John W. Kennedy, "The Debt Slayers," *Christianity Today,* May 1, 2006, http://www.christianitytoday.com/ct/2006/may/23.40.html.

4. John Wesley, "The Use of Money," Thomas Jackson, ed., Global Ministries: The United Methodist Church, http://new.gbgm-umc.org/umhistory/wesley/sermons/50/.

5. Sondra Higgins Matthaei, "Rethinking Faith Formation," Religious Education, Winter 2004, http://findarticles.com/p/articles/mi_qa3783/is_200401/ ai_n9358422/pg_9.

6. See http://www.crown.org.

7. See http://www.conceptsinstewardship.org.

8. See http://www.daveramsey.com/fpu/home.

9. Bill Hoffman, "Can It Be That Simple?" House2House.com, January 28, 2009, http://www.story.house2house.com/can-it-be-that-simple/.

179

第 **20** 章

動能帶來的挑戰

簡單教會運動的速度一直在加快。儘管令人興奮，但我們必須停下來想一想，認清在接近轉折點（一個不為人所知的想法成為主流想法的時間點）[1]的當口必然存在一些危險。

當我們說神透過簡單教會動工，產生如宗教改革一般的影響力時，是在誤導人嗎？

往往是外來的訪客和事工，比較能幫助一間簡單教會看清它為何會遇到困難。有鑑於此，如果看似進展得不順利，那麼尋求外部協助、或從經驗豐富的人那裡獲得指導，就很重要了。[2]

簡單教會不是一種感覺良好、令人起雞皮疙瘩的運動。在一個大型聚會上，人們很容易認為每個人都做得很好，但事實上可能遠非如此。當人們一窩蜂搶搭簡單教會的列車，希望這一次他們與教會之間的問題能全數獲得解決時，多半是帶著行李上車的。在一個小群組裡，大多數人很快放

下心防，於是一切變得真實。因此，在簡單教會裡問題更容易浮出檯面。

雖然以家庭為基礎的團契一開始令人感到新鮮而興奮，因為人們以非正式的用餐時光取代聆聽正式的講道，但過一段時間，幾乎不可避免地會懷念起傳統教會所提供的種種事工活動。傳統教會有專業等級的大規模敬拜聚會、教導，當然還有兒童節目，都是簡單教會沒法比的。不只這樣，現在你們無法將所有的決策和責任全部推給一個人去做了——整個身體都得參與。

這樣會讓人很容易理想幻滅嗎？當然會。我們可能很快就會聽到這類報告：

> 「家教會啊，我試過一年了。我買了T恤，讀了書，去參加了特會，但是它並不適合我。」
>
> 「它不管用啊——況且，沒有適合我的孩子的節目。我要回我以前的教會。」

認識死亡谷

渥夫根・辛森說，當基督徒從傳統教會過渡到簡單教會時，是從傳承教會的山頂望見簡單教會的山頭。它看起來如此接近，如此誘人，以至於他們認為可以直接從一個山頭跳到另一個山頭。他們沒有看到兩山之間有個不可避免的死亡谷。[3]

離開傳承教會的山頭，意味著將向美好的事物死——多樣化的事工活動、專業的教導、敬拜的樂團、全職的領袖。有些人把這個過程稱為一段「戒斷」時間。從你的系統中抽掉舊的做事方法需要時間。欣賞簡單教會非正式的每天24小時全年無休的生活型態，需要時間。真正深入了解一間

教會的聚會真的可以簡單到一群人輕鬆地聚在神的同在裡，聆聽祂和彼此的聲音，然後照祂的指示進行聚會，這是需要花一段時間的。

這不是突然的、無痛的死亡，可能是緩慢而痛苦的，多半得歷經數年，而且退出這個過程的誘惑可能大到你幾乎頂不住。一些簡單教會失敗了，是因為他們沒有穿越死亡谷到達另一座山頭。

「親愛的，我把教會縮小了！」

教會的根基不在於我們聚會的地方。不過，我們發現新約裡教會的核心價值大多很容易在較親密的家庭環境中培養。一個簡單教會所能犯的最大錯誤之一，就是把教會的四面牆換成客廳的四面牆。這樣不過是「把教堂縮小」，[4] 使它能放進我們的客廳而已。我們要求這人領敬拜，另一人教導。唯一的吉他手沒彈出正確的和弦，至於教導，一點都沒讓人在智力上有所伸展。我們無法依賴一個有天賦的領袖做所有的決定。

但這不是簡單教會。一個真正的簡單教會的聚會就是——簡單而已。我們是一個愛耶穌的群體，相信聖靈的計畫目標比我們自己的更為重要，並且願意全力以赴。哥林多前書十四章26節說：

> 弟兄們，這卻怎麼樣呢？你們聚會的時候，各人或有詩歌，或有教訓，或有啟示，或有方言，或有翻出來的話，凡事都當造就人。

一旦我們經常嘗到這滋味，就再也沒有別的能滿足我們。

183

宣教的DNA

簡單教會最重要的就是DNA的改變。它是耶穌基督的教會如何思考和運作的範式轉移（paradigm shift）。

高紐爾如此形容簡單教會的DNA：

- Divine truth神的真理（神給人類的啟示——神的道和耶穌位格的真理。）
- Nurturing relationships培養關係（就像我們所信的是三位有關係而成為一體的神，我們人類對關係的需求也是與生俱來的。）
- Apostolic mission使徒的使命（我們奉神差遣成為祂的代表，帶著祂的信息去傳給全人類。）[5]

一間簡單教會如果以上缺少任何一項，則將面臨挑戰。這些核心價值中最可能欠缺的是使徒的使命。假如這運動主要是人們離開教堂改以小組形式聚會，那麼我們唯一看到的就只是轉移的增長，而不是真正的國度擴張。

如果一間簡單教會沒有刻意地聚焦向外，遲早會變得停滯不前。我們需要尋求主，求祂賜下創意的點子，好讓我們在祂差我們去的人群中建立祂活潑的身體。

這方面的一個很好的例子來自一個服事流浪漢的簡單教會網絡，叫「刻意聚集」（Intentional Gatherings）。

亞倫‧斯諾（Aaron Snow）寫道：

事情正在發生。這個週末我們碰到一件事，同時鼓舞了我們，使我們心碎，又給我們帶來很大的希望。

在過去的幾個月，我們小組和兩個人穩定地拉近關係。最近神挑戰我們把愛心再提升，進一步實際地服事這兩人的需要。上週一，羅伯特和蘿拉用「他們的」付費電話打電話給我們。（羅伯特和蘿拉都是流浪街頭的；每個禮拜他們會步行約一哩路，到付費電話亭打電話給我們。）我們嘗試不時跟他們碰面吃飯、說說笑笑，他們需要什麼生活必需品補給，我們也會提供。這次在電話中，我們說好星期六去接他們，並且和他們一起共度一天的時光。

每星期六早上六點四十五分左右，我們的「聚集者」之一會從市中心帶一群人來參加他所謂的「心靈咖啡館」的聚會，就是供應咖啡給充滿在街道上白天從收容所出來的流浪漢。上個星期六，在一棟廢棄大樓外的停車場，聚集了一群不算少的人。約有十位來自我們有機教堂網絡，花了幾個小時，和沃斯堡（Fort worth）的街友閒聊。他們各有各的故事。有些無疑是醉漢，有些是吸毒者。還有些人在十年前失去工作，人生漸漸失控。他們沒有朋友，沒有家人，沒有家，除了身上的衣服以外，一無所有。在星期六早上，他們身體上、精神上、和情緒上的需求都得到滿足。

在「心靈咖啡館」度過一段時間後，我們通常會直接去拜訪一位住在樹林裡的朋友，年近七十的查理。他是個和藹親切的人，跟他在一起的時光總是非常愉快；他笑聲不斷。要離開的時候，我們幾個人最後向查理道別，查理對我們這四個留下的人

說：

「你們可知道，你們上次來過以後，隔天我就在想，我決定把你們當成我的孫子、孫女。」

我立即呼叫我的朋友凱莉，她正走去取車，聽見我喊她就馬上轉身回來，我把查理剛剛說的話告訴她。她看著查理，說：「查理，我願意作你的孫女！」查理那淚光閃閃的表情我一輩子都不會忘記。這十年以來，他第一次有了一個家庭。他稱我們為他的義孫。查理不再孤單地在林子裡了。他知道他的義孫子女們愛他。

那一天才剛開始而已。我們接著前往常與羅伯特和蘿拉碰面的連鎖餐廳。他們那天所需用的一切都有了。他們跳進車子，我不得不在途中搖下車窗。我們的朋友可能幾個月沒洗過澡了，味道很濃。我們很高興主讓我們協助滿足他們這方面的需求。我們把車開到凱莉的父母家，淋浴開始了。

羅伯特藏在又長又濃密的鬍子後面，直到這個星期六以前，我從來沒見過他沒戴帽子的樣子。我們在桌子上放了三明治午餐，然後在後門長廊間聊天。蘿拉洗好澡出來，原來她很漂亮。她的頭髮乾乾淨淨、服服貼貼。再無污垢弄髒她的皮膚，聞起來香香的，她臉上露出大大的微笑。

之後換羅伯特進去洗澡。當他洗完澡，我的妻子瑪歌開始幫他剪頭髮。她從他頭頂四周剪下的頭髮起碼五英吋長，頭頂是的。我們看著羅伯特閉上雙眼，面帶微笑，享受剪髮——他已經不知多久沒剪髮了。

我們花了很多時間和街友在一起。他們不經常與人碰觸。所

以當我們跟他們在一起時，一定盡量給他們很多次的擁抱。瑪歌把握機會不僅跟他們擁抱，還碰觸他們，不僅為這對流浪漢夫妻用梳子梳頭、還用手指梳理他們頭髮、幫他們剪髮。我不得不問自己有多少我認識的女孩會這麼做。剪完頭髮之後，她開始朝那一把特長的鬍鬚動手。凱莉的爸爸鮑伯去車庫取來綠籬修剪機時，大家都捧腹大笑。

瑪歌把大部分的鬍子修剪掉之後，我開始仔細地從羅伯特臉上留下的鬍鬚中修出漂亮的「卡車司機鬍」。之前我從來沒有這麼靠近羅伯特。當我專心地刮他的鬍子時候，他只是睜大眼睛看著我，臉上掛著大大的微笑。他很舒服。我很舒服。我們之間已經建立了信任。太棒了。他看起來真帥！

然後輪到蘿拉了。當瑪歌開始用手指穿過蘿拉的頭髮時，蘿拉已經在地如在天了。當瑪歌動手使她的外表變得更漂亮的時候，她閉上眼睛，放鬆下來。

改造完成。我們的朋友洗好澡，整理好頭髮、鬍子，換上乾淨的衣服，吃飽了，快樂地幾乎飄上天了。

羅伯特和蘿拉有一年多沒有看過電影，所以我們帶他們去看電影。我整場都在觀看羅伯特，他上半身向前傾，笑容滿面，雙臂交疊放在他面前的椅子上，下巴擱在胳膊上，從頭到尾都保持這種狀態。

看完電影，我們說可不可以為他們找間汽車旅館，晚上他們可以睡在真正的床鋪上、頭上有屋頂。羅伯特含著淚回答說：「你們真的不用這麼麻煩。」我們知道呀，但我們真的想這麼做。他們欣然同意，於是大夥一起走。

我們找到了一處汽車旅館，讓他們入住了一房間。我們覺得有必要與羅伯特和蘿拉分享為什麼我們要這麼做。我們說明了「刻意聚集」每個禮拜聚會的方式和內容，也介紹我們個人如何每一天活出福音。我們邀請他們參加幾週後舉辦的野炊。他們知道我們將會唱詩歌、分享、禱告和讀聖經——他們說一定到！讚美神！我們告訴他們，基督已經改變了我們的心，使我們只想向有需要的人分享恩典和愛心，別無其他意圖。我們告訴他們，無論他們相信什麼，我們都會愛他們，我們的目標不在帶他們信教。

他們被我們的話弄糊塗了。我們繼續祈禱，求神贏得他們的靈魂並釋放他們得自由。請和我們一起為他們禱告。

我們訂了一個比薩送到他們房間，為他們祈禱，互相擁抱，然後回家。我們得了一個令人驚訝的異象，就是在我們每週的「刻意聚集」上見到羅伯特和蘿拉。我們在心中看見他們和我們一起圍坐，一起敬拜神。羅伯特正在禱告……。6

 註

1. 此概念來自這本書：*The Tipping Point: How Little Things Can Make a Big Difference* by Malcolm Gladwell (New York: Back Bay Books, 2000).

2. http://www.LK10.com 是為人與人之間可以互相指導而設計的社群網站。

3. 擷取自Wolfgang Simson的某次演講。

4. 本段的小標題是把電影名《親愛的，我把孩子縮小了》拿來玩點文字遊戲，想出這個標題的人，是我們在www.LK10.com的朋友John White。

5. Neil Cole, *Organic Church* (San Francisco: Jossey-Bass, 2005), 115-116.

6. Aaron Snow, "Extreme Make-over," House2House.com, January 28, 2009, http://www.story.house2house.com/extreme-make-over/.

第 21 章
避免陷阱

不僅是個別的簡單教會或網絡面臨挑戰，整體而言，這運動也確實有一些潛在的挑戰性議題需要克服。如果我們要從轉化教會進一步轉化文化，真的需要神的恩典和引導。

一個高明的替代品

不久前，House2House 的全國會議上，邀請《我心狂野》和《起死回生》的作者艾傑奇（John Eldredge），擔任講員。大會期間他兩次公開地勸勉說，要「當心那個高明的替代品」。於是 House2House 的領導團隊便祈求神幫助他們更明白這個警告的意義是什麼。

想像一個巨型教會開始設立「家教會」，並以互聯網將崇拜和主任牧師的講道傳送到這些小群的客廳。就技術上來說，這是可行的，甚至用這方式成立小組也是很好的方式，但這真的符合「人人」都以恩賜彼此服事

的聖經模式嗎？

　　想像傳統教會只是把細胞小組或家庭小組的名字改為「家教會」，並認為那才是真的。其實，在他們心目中，主日上午的崇拜才是「真正的教會」。

　　想像一項事工提供「成功的簡單教會的十步驟：按照這十步驟，你也可以在你家客廳裡有一個真正的家教會！」由於簡單教會完全仰賴聖靈的引導和其所有成員的參與，所以絕不能把它簡化為一項事工程序。

　　從所有實際情況來看，我們懷疑這「閃亮的替代品」可能比上述任何一個都更加詭異。上述例子的危害絕大多數人都看得出來，但若替代品真的很高明，就有可能騙過我們任何人。我們猜想，這個高明的替代品會不會是：教會出於責任感做「正確的事」，而非發自對耶穌的熱情而隨從聖靈去做。

　　我們在簡單教會生活的基礎是，能聽見神的聲音，然後順服祂所說的話。

一種流行時尚

　　我們面臨的另一個危險是變成趕流行，這是教會統計中發現的最新現象，是傳統教會的時尚替代品。總會有人趕流行，不是因為聖靈的引導，而是因為他們總想成為最新事物的一部分。但是那些加入了簡單教會運動，卻沒有真正理解並活出它的DNA的人，很快就會發現他們所擁有的只是蒼白的替代品，而不是真實的東西。

缺乏動能的運動

　　目前美國大多數的簡單教會都是由離開傳統教會的人開始的。這是教

會心靈和結構的重生，是主動的、聖靈激發的，但主要仍來自轉移的增長。但這仍只是神國裡面的小幅進展而已，除非我們刻意地選擇向外看，否則到頭來它只會變成一個缺乏動能的運動。

但我們相信神已經改變這個狀況。在這個國家和世界各地都有許多人向我們證明，在教堂四面牆外，藉著先知式佈道[1]和超自然會遇，神的國可以迅速成長。當簡單教會運動學會以同樣的方式跟隨聖靈，為我們所遇見的人的需要禱告時，必能發現許多平安之子向耶穌的同在和權能打開和他們有連結的社群。

191

我們需要禱告讓所發生的事情不僅改變教會，也能改變社會。只有在我們的城市中有成千上萬人被席捲入神的國的時候，這事才會發生。我們每個人都得以把福音傳給那些日復一日進到我們生活中的人。

缺乏熱情的一群人

社會學家認為，任何想法被廣泛採用都需要經歷許多不同階段。創新者是冒險家，他們抓住一個想法就全力以赴。他們都是熱火洋溢的人，會不計代價去完成某事。然後是早期採用者，他們雖然會先檢查這想法行不行得通，但是很快就會加入支持它的行列，並成為後來可能遵循者的榜樣；他們通常是運動的領導者。其餘大多數人則是追隨創新者和早期採用者，那時，那個想法已經被證明可行，又有令人敬重的領袖先行，是跟隨的時候了，於是他們群起效尤。但他們可能缺乏前人的熱情，因為他們不需付出同樣的代價。

簡單教會運動目前介於早期採用者和群起效尤之間的某階段。多年來，它是一個地下運動，極少見諸於基督教媒體的報導。那些參與其中的人被視為無關緊要，此運動不過是極少數信徒的異想天開。但近幾年，這

概念變得可敬，越來越多的人參與其中。危險在於，那些現在加入的人並不像早期採用者那樣充滿熱情。現在設立一間家教會幾乎沒什麼個人成本。正因如此，我們面臨的風險是，讓一種乏味、不冷不熱的基督教侵入到目前仍是一班狂熱委身的基督跟隨者當中。

相反地，我們需要為這個運動呼求神，求祂把祂的心腸和使命感注入到那些加入者心中。

故態復萌

幾年前，鮑勃‧芒福德（Bob Mumford）做了一個題為「科學怪人」的有趣演講。他在演講中提到，有些想法往往是一群人邊吃邊聊天時冒出來的，但是當得到認可時，它就有了自己的生命，從桌子上爬下來，開始控制相關的人。如果我們不小心，某種想法就會變成「科學怪人」。除非神賜予我們極大的智慧，否則幾十年後，這些簡單教會運動終將成為一個典型的宗派。

我們都有故態復萌的傾向。我們對過去的了解——我們已經很熟悉的——通常會成為我們處理事情的預設模式。但是，如果沿襲過去的做法，那麼我們唯一達成的就只是，把這個運動制度化。

顯然，這一運動需要領導。而這領導者應具備的品格，神已賜下相關的啟示給我們了，但是到目前為止，還不完全清楚如何運用在實際層面上。在過去二十多年裡，教會界中有很多關於使徒、先知和以弗所書第四章的五重職事的談論和教導，以致讓人很容易就把關於這些功能的舊教導原封不動地搬到簡單教會去，那可就大錯特錯了。使徒和先知在這個運動中的角色可能會和我們過去的了解有所不同。正如簡單教會和傳統教會之間是大不相同的。我們需要小心，不要在急躁中製造出一個不反映神心意

的新領導結構。

在財務領域也是同樣的道理。人們很容易認為領袖們應該領薪水（顯然聖經說得很清楚，有些人應該得到財務支持）。但在過程中，我們需要避免重新創造已存在千百年的神職人員和平信徒的階級分隔問題。這在本質上既是神學問題，也是財務問題。在1970年代和1980年代的英國，當數以千計的新教會在全國各地設立，本地教會領袖往往放棄他們的世俗工作，改由他們所服事的教會支持生活。在短短幾年內，又出現了由這些全職事奉者組成的神職人員精英階級。也導致另一些人，因渴望服事主，所以嚮往得到同樣的位置。於是不久又回到昔日由一批專業的神職人員帶領的情況。

193

既不謙卑也不合一

每當神做了一些不尋常的事情，人類就會企圖居功。我們已經為一件事禱告了一段時間，我們求神在西方世界行一件大事，大到沒有任何團體能居功。這件事正在發生。現在發生的事，規模之大，只有神才能負責，我們需要求祂讓我們保持謙卑的態度，在祂的十架前謙卑。

我們也祈求神阻止教會重蹈覆轍。任何出於神的新運動，通常都會遭到之前運動的反對。我們正禱告傳承教會將樂意祝福並放手讓想參與簡單教會的人出來。我們看到這個禱告正在許多情況下得到回應。

House2House一直受到兩個巨型教會的祝福，其中之一是位於奧蘭多的北陸教會（Northland Church），他們的領袖打電話給我們說，他們想要幫助家教會運動。我們就抽出一天的時間去拜訪，當他們重申意願時，我們問是否可以使用他們的錄影部門。於是他們幫助我們製作了一套DVD，從此這些DVD開始在世界各地協助設立教會。另一個是馬鞍峰教

會（Saddleback Church），他們採用我們的材料，將我們的《起步課程》（Getting Started Course）翻譯成西班牙語，在拉美裔族群中建立家教會。

反過來，我們也有責任祝福我們所來自的傳承教會。我們應該稱讚他們，並尋找合作的方式。我們都是基督的身體。

如果我們認為神在全美只做簡單教會這一件事，那就是自欺了。神還有許多奇妙的作為——好比先知性佈道、24-7禱告運動、禱告殿，和「一個新人」彌賽亞信徒運動。如果這些股線能編織在一起，互相學習，將是多麼美好。

福音書中記載耶穌最長也最充滿熱誠的禱告，是祂為信徒合一的呼求（參考約翰福音十七章）。我們應留心不要把自己跟弟兄姊妹區隔，也不要因為神賜福給我們參與的事奉，就自以為高於其他信徒。神的許多應許都是給教會全體，而非給個別的基督徒。教會是我們所有人組成的，不在乎我們屬於哪一「家」、哪一「派」。綜觀全國各地，祂顯然在各種教會賜福、動工。比起神學夠不夠正統，我們猜想，神更關心的是我們的合一吧！

本位主義

簡單教會必須向外看，關懷周圍的人，這很重要，但同時，參與海外跨文化宣教也很重要。有很多機會可做長期和短期的宣教服事。來自簡單教會的門徒通常有很好的裝備去宣教，我們最好也鼓勵他們投入宣教。那些出外宣教過的人，特別是去第三世界國家，人生觀從此會不一樣。他們經常被他們所遇見的人的屬靈熱情深深地挑戰；他們因那些兄弟姊妹視為理所當然的貧窮和匱乏而大受震撼。當我們出國服事時，常帶著其他人和我們一起去，我們喜歡看見他們因為這些經歷而被神改變。

如果不能親自去海外宣教，可以禱告。簡單教會可以認領一個福音未及群體，了解他們的生活方式和向他們傳福音所面臨的挑戰。當然，我們也可以與海外物質匱乏的弟兄姊妹分享一些我們領受的物質上的祝福。

幾年前莫三比克發生大洪水。我們前往協助醫療救援工作，而我們城市的簡單教會網絡則募集衣服，裝滿了一個四十英尺的貨櫃運過去。當地的報紙對醫療工作做了兩個全版的跨頁報導，全市的教會和學校都來參加。

在莫三比克的時候，有幾天我們在一個村莊廣場紮營義診。每天早晨都有一個衣衫襤褸的人來到廣場中央，極慎重莊嚴地進行升旗儀式——讓莫三比克國旗在旗桿上飄揚。某天早上下雨了，那男子穿著一件亮粉色的女用雨衣出現！我們因此知道那一貨櫃的衣服已送達該地！

沒有跛腳的領袖

這場運動面臨的最大危險之一是它將被成功的領袖挪為己用。這不是超級明星的運動——他們的日子已經過去了。這是一場普通人的運動。如果有魅力的領袖沒有向自己的野心死，卻試圖要從這一運動贏得名聲，將因此阻撓神的工作，那將是一場悲劇。我們需要提防那些自我膨脹的人，他們所求的是名聲、財富或控制權。

多年來，神一直在為這一運動的領導者做準備。你可以認出他們，他們曾因多年的失望和幻滅而傷心；他們經歷過悲劇和心碎，財務災難和關係災難。神一直在祂鐵砧上塑造他們，要讓他們以純金的生命出現。這些領導人是無名小卒，沒有得到世界和教會界的認可。他們不在乎自己的名聲，只在乎將榮耀歸給神。這些人是祂選擇領導這次改革的人。

沒有復興的改革

這一運動所產生的變化是如此徹底和深遠，以至於這個國家的教會結構將完全不同。神正在改變教會的核心——從內部轉變——這一變化有可能和宗教改革一樣大。本質上，我們並不是在尋求結構上的改變，我們在尋求耶穌親自參與。沒有新酒的新皮袋並不是問題的答案；如果祂的同在沒有滲透到正在發生的事情中，我們就沒有抓住要點。神的子民渴望跟耶穌有全新的經歷，而有耶穌在其中才「是」教會。

我們的禱告是，神會把教會從這些潛在的挑戰中拯救出來，好使教會「可以獻給（祂）自己，作個榮耀的教會，毫無玷污、皺紋等類的病，乃是聖潔沒有瑕疵的。」（以弗所書五章27節）

註

1. 加州雷汀市伯特利教會的比爾‧強生牧師（Bill Johnson）有兩本書把這概念表達得非常好：《當神介入》（When Heaven Invades Earth: A Practical Guide to a Life of Miracles），以及《行在神蹟中》（The Supernatural Power of a Transformed Mind: Access to a Life of Miracles）(Shippensburg, PA: Destiny Image Publishers, 2005)。

第 22 章

不建造帝國、
不掌控、
不榮耀人

197

前些時候，主給了我們一個三不口號：「不建造帝國，不掌控，不榮耀人。」沒有人能豁免對重要性和顯眼的渴望，只有靠著神的恩典，我們才能保持謙卑，不為表面上的成功所動。

隨著此一教會重生的運動繼續發展，我們相信這三個原則應該成為這個運動的特徵。

不建造帝國

我們關注的重點很容易從建造神的國，轉向建造我們自己的國。隨著神的工作不斷增長，很自然地，有人就會認為他是不可或缺的領袖，而擔任首席執行長——像掃羅王，頭和肩膀都高於其他人。教會的歷史充斥著這樣的人，他們宣稱神的工作由他們掌管。

簡單教會運動的成功與否並不是用世界的標準來衡量的。在神的國

裡，更重要的是忠心和品格。順服聖靈的感動去做，會帶給我們期待的結果。在西方這裡，我們大多數人甚至不去計算被我們影響而開始的教會數量多少。有時人們會聯繫我們，問他們是否可以加入成為一間House2House教會。我們對他們的答覆是，我們沒有什麼團體讓他們加入。我們很樂意儘可能幫助他們，但我們無意建立House2House帝國。

總有一些人因為在神的作為中所扮演的角色而出名，但是我們需要祈求神讓這些人會像雅各一樣走起路來一拐一拐的，因為他們知道與神摔跤和獲得神的恩惠代表什麼（參考創世記三十二章）。我們需要更多地關心神的國，而不是自己的名聲，要向我們自己、我們的野心和任何想出鋒頭的渴望死。而那些真正提升到顯赫地位的人，應該是那些向自己的權力慾望死，並且期待神得著最高榮耀的人。還記得渥夫根・辛森談到使徒型領導：「讓他們作流淚尋求神的父親吧——他們是渴望兒女超越自己的屬靈父母。」只有帶著這樣一顆心的人才能被託付而領導一場神的運動。

不掌控

我們都會忍不住想去控制正在發生的事，而且多半是出於一片苦心。簡單教會改革中最大的範式轉移之一是，要理解到，當我們跟隨聖靈時，幾乎不需要組織，也不需要階級的控制。教會的事是可以託付普通人的，既然耶穌是教會的頭，我們就當願意冒險讓聖靈照祂意志指導。保羅肯定面對過這狀況很多次。每當他離開一間教會時——有時僅與那裡的人在一起幾個星期而已——他知道他必須把初信者的持續成長交託給聖靈。

我們邀請一對在聚會中初相識的夫婦來我家晚餐。用餐的時候，他們宣布下個星期天將開始自己的家教會。他們說已經邀請了十幾個人，大多數都答應會來。

如果他們先問我們的意見，我們可能會建議他們參加我們的聚會一、兩個月，直到他們對什麼是簡單教會更了解再來開始。也許我們會建議他們接受某種訓練。但由於他們沒有向我們徵求意見，所以我們只能祝福他們，為他們禱告，盡量能幫什麼就幫什麼。第一次聚會來了大約十個未信主的成人，還有十幾個孩子。幾個月後，有幾個人受洗。很明顯，耶穌正在建造他的教會。有時候，我們不插手會更好！

我們很容易就會企圖伸手掌控神在做的事。我們的動機應是為了質量控制，但是，誰是教會的頭呢？我們相信耶穌能在不受我們干預的情況下帶領別人走神的道路嗎？

約翰·亞諾特在《烈火蔓延》（Spread the Fire）雜誌上發表的一篇文章中說：「似乎聖靈為了達成祂永恆的目的，協調成千上萬個不同的個人和團體來和諧運作，是完全沒有問題的。當耶穌自己是頭時，真的能把事情做得更好。」[1]

不榮耀人

以賽亞書四十二章8節說：「我是耶和華，這是我的名；我必不把我的榮耀歸給別人。」（新譯本）對於人類來說，僅僅獲得一點點名聲的誘惑也是非常強烈的！但是，能夠參與在神的運行之中，確實是無比的榮幸，所以我們要謹記這點並保持謙卑。

當我們還住在倫敦的時候，已經認識到神藉著祂的聖靈大大運行，數以千計的教會在全英各地的家庭中開始，而且其中許多增長快速，甚至發展到快成為該城鎮最大的教會。我們家的聚會也不例外，短短幾年內，出席人數大增，而且每一次聚會神的同在之強烈，常令人難以置信。

有一天，湯尼無意中聽到兩個人在聚會後交談，說他們很高興能成為

這教會的一分子，而不是本鎮另一頭的那間教會。兩人說我們的教會太棒了，比起本地區其他教會，神在我們這群人之中的運行強烈得多。湯尼知道他們說的話透露出錯誤的心態，但他不得不承認自己心裡還滿同意他們的觀點。這反映出我們這群人的傲慢自大。結果不到幾個月，神允許我們的教會以一種非常痛苦的方式分裂為兩半。當我們為此尋求神，試著弄清楚為什麼會發生這種事，我們清楚地感覺到神在處理我們的驕傲。如果我們有那種態度，祂就不能將祂的工作託付我們。我們這才明白，從此再也不敢奪取任何榮譽，或認為自己比別人更好。

惟當確定我們將所有榮耀都歸於祂的時候，神才會託付我們。祂希望簡單教會成為一群普通人的草根運動，而不是倚靠於一些大人物。讓我們像施洗約翰一樣禱告，祂必興旺，我們必衰微。讓我們在十字架底下降卑自己。這運動中唯一的超級巨星就是主耶穌。我們不敢碰觸祂的榮耀。我們真的渴望「不建立帝國，不掌控，不榮耀人」！

註

1. John Arnott, "Let's Get Back to Supernatural Church!" _Spread the Fire,_ no. 5, 2004, http://www.tacf.org/Portals/0/stf%2010-5.pdf.

第23章
當小和大攜手合作

神從未停止給我們驚喜！幾年前，在三、四天的時間內有三個不同的巨型教會分別跟我們接觸，他們都有興趣與簡單／有機教會有所互動或學習。奧蘭多北陸教會的主任牧師喬爾・杭特（Joel Hunter）跟我們聯絡說，神很清楚告訴他，他們的教會要與其他教會配搭，協助促成家教會數目在2020年以前達到一百萬間。[1] 另外，美國增長最快的百大教會之一，奧斯汀石教會（The Austin Stone）也表達渴望在德州奧斯汀市發展使命型社群；還有，歐洲最大的教會之一的牧師有興趣更多了解關於家教會。是否神想要做些什麼？

與上述教會交流之後，令丁湯尼多年來一直在思考的一個想法更加堅定：如果巨型教會堂和微型教會的領袖開啟「巨型與微型之間的對話」並集思廣益，那會怎樣呢？神對巨型教會和微型教會（還有許多其他無法歸入這兩類的傳統教會）的祝福都是很明顯的，有沒有一種能讓大家有效地

合作的方式？

　　當兩股水流的領袖聚在一起交流時，我們很快便明白，如果我們能學會欣賞彼此的長處，兩種團體都有很多可提供給對方的東西，我們肯定能一起配搭拓展神的國。

　　儘管整體來講，基督教在美國呈現衰退，但簡單教會仍繼續倍增。巨型教會和一堂多點教會（multisite churches）的數量也在增加，美國許多較大的教會都對簡單／有機教堂的宣教原則感興趣。在一些宗派裡，許多領袖已體認到，在當前經濟形勢的催化下，越來越多傳承教會關門大吉了。代表未來教會要有所轉變。依現況，做得更多、更好已經不夠了，因此他們也漸漸敞開心嘗試不同的教會模式。

　　在2010年，奧斯汀石教會舉辦了一場名為「臨界」（Verge）的研討會，吸引許多人前來聆聽簡單／有機教會提倡的觀念，參加者主要是來自傳承教會和巨型教會，他們主要是對透過使命社群來福音外展有興趣。才幾星期報名人數就額滿，大約有兩千名與會者來到奧斯汀市，還有四千多人透過網路參與。[2] 大家的反應都非常積極正向。看來，許多在傳承教會和巨型教會中的人一直在禱告等候神做不一樣的事。事實上，最近「臨界網站」（Verge Network）啟動，當把特會講道的視頻放上去以後，不到兩週就被點閱超過四萬次！[3] 美國最大的教會拓殖特會「指數增長」（Exponential）接續這股動力，在2011年4月召開。

　　越來越多的巨型教會正以「使命社群」的形式擁抱簡單教會的概念。一名宣教學者估計將近六成的美國年輕人將永遠不會參加教堂的禮拜，而對於教會聚會持開放態度的另外四成年輕人，傳承教會——即使是慕道友導向的主日崇拜——恐怕也吸引不了他們。[4] 使命社群是一群肩負神使命的人，他們以福音為中心，在一個族群或地理區域的人際網絡內去服事得

人。例如，奧斯汀石教會體認到，每個基督徒都是蒙神呼召，且被賦予能力，被差到世界去的——他們要去咖啡館、鄰里、宿舍和工作場所，結福音的果子。[5] 該教會要求他們的弟兄姊妹出去拓殖教會，即使他們形成之使命社群所得著的人都沒有來參加教會的主日崇拜，也沒有關係。教會無條件地放手讓他們去執行教會應具備的所有功能。或許正因為這種自由，所以大多數出去拓展的人即使不參加崇拜聚會，依舊與母會保持聯繫。

奧蘭多的北陸教會以其廣泛的人脈，得以幫助其他傳承教會了解微型教會概念的重要性和有效性。例如：在中非有二萬五千名沒有受過任何訓練的牧師，只聽過那些巨型教會傳講的興盛——福音信息。北陸教會與學園傳道會及其教會扶助事工部，聯手給這些領袖裝備，包括：家教會原則、研讀聖經和佈道技巧。迄今已訓練了九十六名牧師，共設立了幾十個家教會。他們的目標是在未來十年裡培育兩千名牧師，只要每一位牧師都承諾將這些原則傳遞給其他人，他們希望最終能至少訓練出三萬名牧師。在每半年一次的訓練之間，就由學園傳道會同工與這些牧師保持聯繫，並提供後勤支持。在他們的處境中，家教會是唯一在財務上可行的模式。巨型教會北陸教會的支持使這種「外院和逐家」模式被認可有可信度。

我問北陸教會負責此事工的丹・拉奇博士（Dan Lacich），大教會或小組教會裡的家庭小組，和正在形成的家教會有何差異，他說：「這些簡單教會每一個都可以自立為一間教會，他們每週在信徒家中聚餐，擘餅，和傳福音，如果可行的話，他們可以共組成一個每週都有慶典崇拜的網絡。小教會即便在大的慶典崇拜上需要與其他小教會連結，但其本身仍需是一個完整的教會。如果教會想要在世上有更大的影響力，也許對某些事需要放手。」[6]

通過互聯網與北陸教會連結小社群數目越來越多。這些小群體在信徒

家中參與主教會的崇拜聚會，然後互相討論如何將信息應用出來，以哪種方式為社區服務，如何服事流浪漢或從事其他佈道活動。

北陸教會還與全球媒體佈道事工（Global Media Outreach，簡稱GMO）配搭服事其他國家，最終目標是進入全球二十個最大的語言群體裡服事。北陸教會裡的個別信徒，加上與他們配搭的其他國家教會裡的信徒，對透過GMO網站決志信主的人一對一跟進。因為大多數的初信者處境各不相同，所以訓練裡要包含教他們如何開始簡單教會，也要訓練他們接待和佈道。訓練中也幫助這些初信者能找到屬於自己語言與文化的資源。

當巨型教會和其他宗派型教會釋出人力去開拓簡單教會時，簡單／有機教會就有呈指數型加速增長的潛力。假如所有教會（巨型教會、宗派教會、傳承教會、小組教會、和簡單教會）配搭一起來贏得他們的城市，並且沒人會在意功勞歸誰，那會是什麼樣子？

 註

1. 摘自《Charisma》雜誌，有篇文章如此描述北陸教會的角色；參網站http://www.northlandchurch.net/blogs/the_church_dropout.

2. 關於這場Verge聚會和The Austin Stone教會的事，來自與好友Michael "Stew" Stewart的電話訪談，他是The Austin Stone教會之使命社群的牧師，同時也是Verge網絡與特會的創始人暨會長。

3. http://www.vergenetwork.org

4. 這些觀念來自一名生於南非、目前大半時間與妻子住在澳洲的宣教學者Alan Hirsch，他的觀念對許多這類教會影響很大，鼓舞了他們更朝使命型的教會發展。「使命型missional」一詞的意思是，教會的弟兄姊妹走出去，把耶穌的好消息帶到自己的社區／社群，與此對照的是吸引型的教會（attractional），好比強調慕道友導向（seeker-sensitive）的教會，方式是邀請人來教會。

5. http://www.austinstone.org/what/missional_communities

6. 取自與Dr. Dan Lacich的一次對談，他是佛州奧蘭多市北陸教會的牧師（pastor of distributed sites at Northland: A Church Distributed, in Orlando, Florida）。

第 24 章
下一步該怎麼走？

生命是一段旅程。正確的目的地固然很重要，但是生命本身更著重的是抵達終點前的過程。簡單教會也是一段旅程，我們當然尚未抵達終點——我們和其他許多人一樣都仍在路途中。從一開始，它就是一個探索的過程，我們邊走邊學習，並盡我們所能跟隨耶穌，讓祂帶領我們進入未知的領域。

迄今為止這條大道上已有數個里程碑——思維的範式轉移，使我們得以改變路線，繼續跟隨聖靈依照神的道所描繪的屬靈地圖。這條路走到現在，我們已經學到幾個重要原則：

- 真正的基督信仰不是每週一次的活動，而是每天24小時全年無休的國度生活方式。
- 耶穌是祂教會的頭。祂真的仍對祂的百姓說話。我們必須把教會的控制權交給祂。

- 教會可以簡單到像一群朋友在一起邊吃飯邊分享耶穌。
- 我們必須彼此傾聽，傾聽主的話語並順從祂所說的。如此必可產生社群與使命的雙重果效。
- 耶穌不是搞「宗教」的人。
- 簡單就容易複製；複雜是很難複製的。
- 耶穌用普通未經訓練的男男女女來改變世界。
- 領導就是作僕人。我們必須向自己死。
- 神所關心的是莊稼。我們必須求祂感動我們，使我們心中以祂的事為念。
- 耶穌說：「你們要去。」又說：「父怎樣差遣了我，我也照樣差遣你們。」
- 資源就在莊稼裡。
- 就國度來說，更有果效的方式，不是邀請平安之子來你們教會，而是在平安之子家中開始一個聚會，讓他去邀請他的親朋好友來參加。
- 你可以去服事一群未信者，然後看著他們一起成為門徒——成為一個教會！
- 教會的本質就是要增長。

自有教會歷史，這是第一次，神在改變全世界的教會，包含內涵與結構。在神這波作為中，領袖或先鋒者都不是在西方世界的我們，而是轉到第三世界去了，我們應該虛心地向他們學習。

小其實是大！刻意小的教會將繼續存在。在檯面下、在人所忽略的地方正在發生夠多的事，它們已經勢不可擋。他們從十年前左右被體制教會

藐視認為無關緊要，今天，他們對社會產生了這樣大的影響，連世俗媒體也注意到他們。[1]不可能走回頭路了。他們的影響力與他們的大小不成比例。他們有吞滅一切熟悉和舒適事物的潛能。他們的影響已滲透到既有的教會體制中，以至於宗派和獨立教會都在認真地看待簡單教會的原則。耶穌教導祂的門徒的外展模式至今仍然適用。

所有簡單教會都是健康的嗎？全都成功了嗎？當然不是！但神正在將祂的教會收歸己有，祂正在擴展祂的國度。在這迫切需要祂的世界上，刻意小的教會和簡單教會是祂得著世界的計畫的一部分。

大君王正在萬民之中動工。簡單教會運動正在世界各地爆發。我們這一生中正有個千載難逢的機會參與祂聖靈的運行。想像到我們來到生命盡頭時，才明白當神在我們這一代向一個方向前進的時候，我們竟選擇了一個不同的目的地，那該有多遺憾。刻意小的教會正在對我們的世界產生巨大影響，大君王邀請我們加入祂正在做的事。

註

1. "House of Worship: More Americans Attend Home Services," http://www.msnbc.msn.com/id/3032619/ns/nightly_news/#39787679; "Growing Movement of Christians Skip the Sermon, Worship in Small Groups at Home," http://www.foxnews.com/us/2010/07/21/ growing-movement-christians-skip-sermon-worship-small-groups-home.

附　錄
一些問題，也許有些答案

神顯然透過簡單教會運動來做一些全新的事。放眼全球，微型簡單教會的倍增非常迅速。這種迅速擴張的運動引發了問題，有時甚至是沒有明確的根據聖經的答案。我們會根據我們自己的經驗給你答案，並希望你能從我們的錯誤中吸取教訓。在所有這些情況下，你必須跟隨主的帶領。我們傾向認為，如果主還沒有透過祂的話說明清楚，那是因為祂希望我們等待倚靠祂，直到我們聽到祂說出關於我們具體情況的指示。

我們應該讓簡單教會變成多大，才能鼓勵它倍增？

大多數簡單教會的領袖建議，十五到二十個成人是一間家教會的最大數目。儘管我們可以達到了四十人甚至更多，但是這樣大的團體失去了親密感，並且要使每個人都參與其中幾乎是不可能的。再一次地，你必須為你特別的處境向神尋求答案，但是總體來說，當數字變得大到有一些人停止參與時，就是該倍增的時候了。

我們要如何拆解一個簡單教會？

我們開始的第一座教會增長到五十多人時，我們就將它對半拆成兩個群組。一年後，大家告訴我們這種分裂感覺就像是離婚。正因為這樣，我

們不再用一分成二的方式來倍增教會。於是我們從一開始就鼓勵，凡任何人找到「平安之子」（參考路加福音十章6節），就可設法在那個人的影響範圍內，建立一個新的教會或群組。假如，你的人數已到達最高點，但有一個想加入現有教會的新家庭，你要不要接受他們？試著在他們的周圍開始一個新的教會，並可從現有教會提供一個家庭去幫助他們。如此，它成為一個令人興奮的教會植堂，原來的教會擁有它的所有權並會支持它。透過這個方式去做，你可以進入一個新的社群領域去拓殖教會，並有一批新的人參與其中。

簡單教會如何倍增？

教會可以倍增的四種基本方式。

一、一個信徒的社群成長到某個點時，就必須再繁殖（生）出另一個子社群。這裡，根據那些有迅速倍增教會植堂經驗的人表示，倍增時間（繁育期）越短（六個月是一段很好的時間長度），就越不會為群組中的人帶來問題。對教會植堂運動有正確的理解，將使教會的倍增成為一個快樂的誕生，而不是一場痛苦的離婚。

二、當你在一個你還不認識任何人的地區或團體中開始一間教會時，我們建議採用路加福音第十章所提的「平安之子」模式。從那裡開始，其他群組將沿著關係線發展。

三、當一個新人成為一名信徒時，圍繞在這個人周圍的家人和朋友圈，開始了一個佈道性的討論小組。隨著越來越多的人成為門徒，一個新的教會自然會發展起來。

四、可以讓一群領導者接受訓練，出去開拓教會，然後訓練其他人也這樣做（如同提摩太後書二章2節那樣）。柬埔寨南部浸信會教會的策略

聯絡人，在幾個月的時間訓練了六位柬埔寨領袖。第一年他們開始六間教會。十年後，有超過十萬名新的信徒加入開始的運動中。[1]

根據我們的經驗，與非信徒一起開始一項新工作是更直接且簡單的。他們滿溢著歡喜快樂，找到一個能幫助他們度過難關，並樂意回應他們的禱告的神。他們的問題是生活中的問題，而不是與他們以前的教會經驗相關的問題。所以很容易透過他們，連結到他們的朋友和家人。

我們經常問主，我們要怎樣才能成為祂的國裡最具戰略意義的人？在那些日子，我們發現自己訓練別人如何領人作門徒，如何開拓教會，而不是我們自己去做。我們正在學習倍增我們自己。

雖然現在談還過早，但一個主要的外展佈道活動像是「全市佈道會」，事工，用簡單教會方法跟進會是非常令人鼓舞的。我們已經參與在一個對福音充滿敵意的環境中。然而，幾次大型的醫治和佈道聚會可以帶出數千間新的簡單教會，它們從收割的靈魂中直接形成。收割的莊稼，不僅僅得到保守，而且在接下來的幾個月內產生倍增中。其他的佈道家現在開始探索這種想法了。

柯蒂斯・瑟金特與中國的家教會共事多年，他描述了他產生多代倍增教會的策略：

> 「在教會植堂時，記住訓練週期是很有幫助的：榜樣、協助、觀看、離開。世代標記（generational marker），通常可以作為有用的指南，讓我們知道何時改變角色。也就是說，當植堂團隊拓殖教會時，就是在作榜樣。他們在教會成立之後改變角色，並擔任起協助的角色——他們協助第一代教會開拓第二代教會，當第二代教會植堂中，他們再次改變角色，開始觀察；而此時第二

211

代教會在第一代教會的協助下，正建立了第三代教會。當發生這種情況時，教會植堂團隊可以轉移到新領域開始工作，他們再次成為另一個第一代教會的榜樣。」[2]

什麼是教會網絡？

當一群簡單教會連結在一起時，通常這就被稱為「網絡」；當一個簡單教會倍增成好幾個教會時，就可能會發生。這也發生於一個傳統教會轉型成相當數量的簡單教會群的時候。一個人或一組人可以開拓出幾個不同的教會而連結成網絡。一群不相干的教會有可能會發現彼此有幫助，而決定連結在一起。通常，不同教會的領袖組成一個領導團隊，來支持和鼓勵彼此以及網絡中的所有教會。這個領導團隊可以包括以弗所書四章所提到的「五重職事」：使徒、先知、福音傳道者、牧師和教師——畢竟，一間獨立的家教會不太可能有這種多樣性的領袖。這個領導團隊不是一個組織機構——更多的是因友情而組合的團隊。一個網絡的最佳大小大約是十二間教會左右。[3]

正如高紐爾所說，我們期待複製門徒、領袖、教會和運動。[4]

所有的教會是否應該定期聚會？

當一個網絡或一組網絡中的所有教會團聚在一起，通常被稱為「慶典」。不同教會網絡在慶典方面做法有所不同。再一次，聽主針對你的狀況所說的話是很重要的。或許有四種選擇可以提供你參考：

· 定期慶典——許多網絡基本上每月都會有一次。
· 只有當某人為這地區整個教會網絡帶來信息時，或是主特別有

引領，才會有慶典。

・不定期有幾個簡單教會聚集在城鎮的不同地方舉行「迷你慶
　典」。

・根本沒有慶典活動。

我們自己的經驗也很值得深思。當我們的簡單教會的網絡增長時，我們每個月都有一個星期天的早晨一起聚會。我們有一個敬拜團隊，有人會教導，而且有一個完整的節目安排給孩子們的。但，慶典聚會遇到了問題。有一些年輕人願成為基督徒不久，我們卻發現他們不做「早上的服事」！此外，有一些新的信徒還沒有潔淨他們的語言，而那些已經是基督徒的家庭中有一些在家教育孩子的，發現他們在教會使用四個字母的用詞（由四個字母構成的單字，與性或大便有關）這是非常冒犯人的！

所以我們的領導團隊聚在一起為這些情況禱告。我們決定，慶典並不是我們試圖在簡單教會中描繪的價值觀之典範，此外，慶典會耗費大量的時間、精力和資源。一個更好的模式是：只有在某個講員來到這地區，我們希望每個人都能聽到他的信息時，才把所有的教會聚集在一起。

不過，這有一些無法預料的後果——許多長期存在的基督徒家庭離開了！對他們來說，「真正的教會」是每個月的慶典。他們錯過了我們在聚集成為更大群體時所提供的所有節目。這些家庭回到更傳統的教會去！然而，在簡單教會背景下成為基督徒的人卻毫不擔憂，他們甚至還想知道為什麼我們為慶典而煩惱！

213

傳承教會和簡單教會之間有什麼關係？傳承教會能夠參與簡單教會運動嗎？

你可能過去參與一個傳統的教會，但已獲得一個與新信徒開拓簡單教會的異象——這兩者可以合併進行嗎？

啟發小組在世界各地，尤其在英國，是種極成功的傳福音模式。5 一群人，主要是那些尚未參與教會的人，在一個為期十週，每週一起聚會，分享一頓飯，聆聽一些解釋我們信仰基礎的教導，並圍繞著與教學有關的問題進行討論。在兩個週末營會中，許多參加者開始將生命獻給基督，並被聖靈充滿。但是當課程結束，領袖們試著將透過這個小組成為基督徒的人轉移到傳統教會時，就出現了問題！因為，在這種模式中發展出來的關係和親密度，是這些新信徒唯一能認知的「教會」。他們經常無法應付傳統教會，因為他們不是從那裡出生的。結果，許多新信徒一旦結束他們在啟發的小組之後，就不會再參與傳承教會了，收割的莊稼因而就分散各處了。6

在路加福音五章37至39節中，耶穌說：「也沒有人把新酒裝在舊皮袋裡；若是這樣，新酒必將皮袋裂開，酒便漏出來，皮袋也就壞了。但新酒必須裝在新皮袋裡。沒有人喝了陳酒又想喝新的；他總說陳的好。」

新酒需要新皮袋。

如果你開始新的群組了，我們建議你不要嘗試將它納入你的傳統教會裡。如果你是一個教會領袖，請將這些群組視為你的教會的一種延伸，無條件地讓它們自由，讓它們在不受你控制的情況下成長和倍增。你無法比神給的更多！如果你訓練並釋出你的人去開拓這些更簡單形式的教會，神會給你的回報遠遠超過你在人力或財力方面的失去。同樣地，如果你試圖把那些只知道傳統教會的人帶入家教會，將有很多人會回過頭來跟你說：

「我們更喜歡老的做事方式。」

如果你沒有在教會中擔任領導職務，可以經過認真禱告後去見領袖，問他們是否能釋放你以「當地區性宣教士」身分讓你工作。當普通人被釋放去做國度的工作時，神會做出超乎尋常的事工！

一個簡單教會的生命週期是什麼？

簡單教會就像家庭一樣。正如孩子長大後會離開家並結婚擁有自己的家庭一樣；家教會也是如此，至少在西方文化中是如此。簡單教會是活的有機體，經歷過生命的不同季節。他們出生了，並且他們經歷成長的痛苦。如果他們身體健康，他們會生下其他的教會。有時他們會患上屬靈疾病，最後他們可能會死亡，但是「一粒麥子不落在地裡死了，仍舊是一粒，若是死了，就結出許多子粒來」（約翰福音十二章24節）。

這是一個問題嗎？在這場運動中，現在說還為時過早。然而，死亡是生命自然的一部分，從這些教會的死亡中，新的生命會湧現出來。我們寧願讓一個沒有聖靈同在的教會被體面地下葬了，也不要無限期地維持生命存在的表象。

神顯然正在做一些事情，祂絕對有能力可以護衛祂自己的聲譽。

當人們從傳承教會轉移出來時，會出現什麼問題？

當人們離開傳承教會去開拓或加入一個簡單教會時，他們首先必須克服的事情之一，就是：主日早上他們卻不在教會裡的罪惡感。這可能會是個出人意外的大困難！然而能夠睡到自然醒，吃一頓悠閒的早餐，享受一些家庭時光的喜悅，很快就會取代那些內疚！但即便如此，他們最終可能還是會說：「老酒比較好！」

有時，來自傳統教會的人對舊制度有負面的感受和怨恨。他們可能已受到傷害或感到失望，並且會有一段時間，他們不想和傳統教會有任何關係——如果是在這樣的基礎上開展神的新工作是很危險的。藉著某種深入探索的過程，讓那人認出過去的價值，同時承認並尋求醫治因傳統教會缺失帶來的傷害。一旦過去得到徹底處理，這些人就可以進入神要帶領他們進入的新階段。

有人指出離開的過程就像是一段「戒癮」的時間。這對於那些仍然參與在傳承教會裡面的人來說，可能聽起來有些負面。然而，它就是問題的描繪——那些花其一生在一個傳統的結構裡的人會面對的狀況。人是懷舊的。過了一段時間，人們就會渴望熟悉的儀式，這沒有什麼錯。但，認識到離開老舊事物可能會有代價是一件好事。在開始進行簡單有機教會的冒險之前，從神那裡領受到強烈的呼召是會有幫助的。

傳統教會能夠轉變成一個簡單教會網絡嗎？

神正在傳承教會和簡單教會中做各種奇妙的事情。我們現在知道在某一些情況下，神會帶領一間傳承教會成功地轉型為一個家教會網絡。這個過程有很多挑戰。大多數參加傳承教會的人其實是報名參加特定形式的教會，而這樣的改變讓他們覺得很沒有安全感。正如耶穌所說，許多嚐過老酒的人都喜歡老酒。另外也還有一些問題是，那些受薪同工——如果教會轉型了，他們的生活要怎麼辦？在邁步之前，最好算計一下代價（參考路加福音十四章28～32節）。

也有一種情況是，傳承教會鼓勵他們的成員開拓簡單教會作為外展的手段。一些教派，像是四方教會（Foursquare Church），現在有一個推動家教會的部門，並將這些開拓的群體視為在宗派範圍內表現教會生活的可

行方式。

　　神知道你的處境！祂有一個針對你的處境所特有的計畫，祂正等著向你顯明祂的旨意。

　　有一個傳承教會已經轉變成家教會網絡的例子，可以上網查詢：http://www.apexcommunity.net。另有一個小教會已經把自己轉變成一個網絡的例子，可以上網查詢：http://www.bridgepoint.org。

有外來資源的投入很重要嗎？

　　小的群組總是有一種向內看的傾向。但，像是使徒或先知職事的來訪給予的外來幫助和影響，則提供了健康的平衡。在新約聖經中，很明顯地，大多數的新教會都是由在外遊訪的工人建立或協助的（參考使徒行傳八章14節，十一章27節）。保羅的許多書信都是寫給危機或衝突中的教會，為要幫助他們。

　　一些肢體成員具有獨特的恩賜，可以建造、培育、裝備和鼓勵教會（參考以弗所書四章11～16節）。這在遇到問題時尤其有幫助，因為外面的人可以更客觀地看待整個情況。

　　訓練和鼓勵對於教會的興旺和倍增尤為重要。我們應該把那些帶有使徒性或其他五重恩賜和經驗的人，視為很好的資源。儘管教會可能與某些有特定恩賜的人建立了牢固的關係，特別是假如一位使徒作他們的屬靈父親，但從有不同觀點的人那裡得到更廣泛的幫助也是很健康的。

教會和網絡應該連結在一起嗎？

　　根據我們的經驗，健康的教會會連結成網絡的。我們在新約聖經中也看到這一點，保羅請求歌羅西教會向老底嘉教會分享他的信；反之亦然

（參考歌羅西書四章16節）。他們顯然習慣於一起合作。教會也在財務方面做到這一點（參考哥林多前書十六章1～4節）。這種連結可以發生在地方、區域、國家，甚至國際層次，尤其是在全球交流如此簡單的今天。互相借鑑彼此的經驗和強項，可以獲得綜合性的加倍果效。

像http://www.simplechurch.com這樣的社交網站提供了技術面的幫助，他們也提供了一個溝通和打造新關係的絕佳場所。

是否有一個領導結構在連結所有的這些教會？

在西方有機教會運動的背後，沒有一個中央組織。各自的家教會和教會網絡保持其自主性。但是，在整個運動中友誼和關係正在不斷加深，他們之間有著強大的合作精神。我們需要繼續禱告讓這種合一持續下去。

近代的教會歷史證實了一些合理的擔憂，即聖靈的大部分運動最終會聚合成新的宗派。有什麼可以防止這種情形發生在這裡？這是一個很好的問題，不過可能不會有權威性的答案。但是，當我們環顧世界，特別是在印度和中國的運動，這些運動規模更大、歷史更久，令我們感到鼓舞的是，迄今為止他們已經能夠阻止宗派主義，並且仍然表現出一種在聖靈裡令人激勵的合一。這是我們的禱告，因為這些運動在西方還在繼續發展。

簡單教會是否需要牧師？

「牧師」（pastor）這個專有名稱在新約聖經中只用過一次（參考以弗所書四章11節）。「牧者」（shepherd，希臘字*poimen*）作為名詞的所有其他的用途，除涉及綿羊的文字外，均指耶穌（在彼得前書五章2節中，當長老被告知餵養神的羊群時，就使用了同一個字）。就如我們所知的，新約時代的西方教會中沒有現在這種牧師的觀念和做法。

簡單教會更像是家庭。家庭是否有領導者？是的——父母是家庭的領袖。簡單教會需要屬靈上的父親和母親，他們會為他們所照顧的人而犧牲生命。

誰「遮蓋」簡單教會？

權柄或遮蓋的議題是領袖們用來獲得或保持他們對羊群的控制。這不是一個聖經的概念。法蘭克・威歐拉在他的《重塑教會》（Reimagining Church）一書中，說道：

> 以哥林多教會為例，這是新約聖經中提到的最麻煩的教會。在整個哥林多信件中，保羅從來不訴諸長老，他不曾責備他們，他也沒有讚揚他們的順服。事實上，他根本沒有提到他們。相反地，保羅訴諸整個教會。他表示教會有責任處理自己造成的傷口。保羅在哥林多前書中斥責並懇求「弟兄們」超過三十次之多。他寫的書信就好像沒有官方人員存在似的。他所有其他寫給危機教會的信件也都是如此……請注意，保羅強調的是功能，而不是職位。他的指示是放在整個教會的肩膀上。整本哥林多前後書是要求整個教會處理自己的問題。[7]

在新約聖經中提到人的「權柄」，都是指向城市或國家政府。其中有幾處是提到長老或領袖領導或有權柄的人；耶穌則是透過洗門徒的腳，示範了這一權柄是如何運作的（參考約翰福音十三章4～17節）。

還有哪些其他資源是可用的？

有許多其他團體和資源有助於推動這個運動，包括以下內容：

- House2House事工有一個網站（www.house2house.com），提供許多有用的文章和網路連結，還可以出版書籍、DVD和特會等資源。

- http://www.simplechurch.com是一個為簡單／有機教會運動提供的社交網站。來自世界各地的許多人都在使用此網站與其他人進行交流連結。

- 教會倍增協會（Church Multiplication Associates）開辦地區性溫室訓練特會，幫助人開拓有機教堂，重點是得著失喪的人。見http://www.cmaresources.org。

- http://www.LK10.com是一個「實習社群」（community of practice），旨在鼓勵和支持植堂者。

- 由艾倫‧赫希共同創辦的http://www.shapevine.com擁有許多有用的資源，特別是從吸引人模式到使命模式教會生活的轉變。

- 大衛‧華生的部落格《接觸點》（Touchpoint），可以在http://www.davidwa.org找到。

    許多DVD也可以在www.house2house.com找得到，並提供免費下載，可參考以下這些：

- 《浪潮》（Tidal Wave）描述了西方簡單教會運動。

- 《當你們聚在一起時》（When You Come Together）對簡單教會的聚會提供了非常有幫助的實際見解。

- 《翻轉領導》（UpsideDown Leadership）著眼於簡單教會的整個領導問題。

我們也推薦以下的書籍：

- 費莉絲著，《平信徒的軍隊》（An Army of Ordinary People）
- 費莉絲著，《入門》（Getting Started）
- 喬治・巴爾納著，《革命》（Revolution）
- 丁湯尼和費莉絲合著，《簡單教會》（Simply Church）
- 高紐爾著，《教會3.0》（Church 3.0），高接觸出版
- 高紐爾著，《有機教會》（Organic Church），高接觸出版
- 高紐爾著，《有機領導力》（Organic Leadership）
- 高紐爾著，《搜索和救援》（Search and Rescue）
- 渥夫根・辛森著，《家教會101》（Housechurch 101）
- 拉德・茲德羅（Rad Zdero）著，《連結》（Nexus）
- 拉德・茲德羅著，《全球家教會運動》（The Global House Church Movement）
- 羅布和朱莉婭・班克斯（Rob and Julia Banks）合著，《教會回家》（The Church Comes Home）
- 大衛・葛瑞森著，《教會繁殖運動》（Church Planting Movements），天恩出版
- 由法蘭克・威歐拉、喬治・巴拿創作，《參雜異教的基督信仰》（Pagan Christianity?），基督教中國佈道會出版社
- 法蘭克・威歐拉著，《重塑教會》（Reimagining Church），基督教中國佈道會出版社
- 保羅維・埃拉（Paul Vieira）著，《耶穌離開了大樓》（Jesus Has Left the Building）
- 詹姆斯・魯茨著，《巨大的移轉》（MegaShift）

・邁克爾・弗羅斯特（Michael Frost）、艾倫・赫希合著，《事情的塑造》（The Shaping of Things to Come）

 註 ....

1. 本資料取自DVD《靈風巨浪》（Like a Mighty Wave），由美南浸信聯會國際宣教部（International Mission Board of the Southern Baptist Convention）製作。

2. Curtis Sergeant, "Insights from a CPM Practitioner," South America Region Resource Site, http://www.wsaresourcesite.org/Topics/cpm.htm.（柯蒂斯・瑟金特，來自CPM執業者的見解，南美地區資源網站。）

3. 來自與柯蒂斯・瑟金特的私人談話，他在教堂植堂運動方面有豐富的經驗。

4. "Welcome to Church Multiplication Associates," CMAResources.org, http://www.cmaresources.org.

5. 估計有一千一百萬人參加了世界各地的啟發課程。"Welcome," AlphaUSA, http://www.alphausa.org/Groups/1000016933/What_is_Alpha.aspx

6. 在英國成立的啟發，研究顯示，如果傳統教會經營啟發數年，它們衰落的速度可能不會像不經營啟發的教會那麼快，甚至可能從啟發就開始增長。（Mike Booker and Mark Ireland, *Evangelism—Which Way Now?* [London: Church House Publishing, 2007], 14-16.）

7. Frank Viola, *Reimagining Church* (Colorado Springs: David C. Cook, 2008), 183.（中文版：《重塑教會》，法蘭克・威歐拉著，顧華德譯，中國佈道會出版社）

致謝

　　多年來，我們有幸分享了其他人的生活，他們關乎本書議題的經驗遠比我們還要豐富得多。我們曾花了許多小時討論神工作的不同方式。我們定期在延續的電話會議中談論；我們一起逗留於餐桌上；我們花了好幾天時間一起聆聽神的聲音。這些「以鐵磨鐵」的時間，幫助我們形塑我們的思維。

　　我們重視和欣賞維克多和賓杜・喬杜里夫婦、高紐爾、柯蒂斯・瑟金特、渥夫根・辛森、邁克・斯蒂爾以及約翰・懷特等人的智慧。

　　其他朋友也開闢了一條使我們有幸與他們一起走過的道路：羅伯特・菲茨、艾倫・赫希、吉姆・魯茨、法蘭克・威歐拉。

　　最後，我們要感謝所有願意在這本書的書頁上分享他們的故事的人。

丁湯尼 & 費莉絲

（Tony & Felicity Dale）

丁湯尼＆費莉絲非常樂意與您保持聯繫，讓您
得知他們製作的其他資源，包括：定期出刊寄到世
界各地的電子郵件，還有一些DVD影片，更完整地
為您說明簡單教會運動的進行實況。

如欲進一步了解，請上我們的網站：
www.tonyandfelicitydale.com

國家圖書館出版品預行編目(CIP)資料

小即是大! / 丁湯尼(Tony Dale), 費莉絲(Felicity
Dale), 喬治.巴拿(George Barna)合著；葉榮光
譯. -- 初版. -- 臺北市：天恩, 2018.05
面；　公分. -- (事工叢書)
譯自：Small Is big! : unleashing the big
impact of intentionally small churches
ISBN 978-986-277-257-7(平裝)

1.基督教 2.教會

247   107006698

事工叢書

小即是大！

作　　者／丁湯尼＆費莉絲（Tony & Felicity Dale）、
　　　　　喬治·巴拿（George Barna）
譯　　者／葉榮光
編　　審／朱　東
執行編輯／鄭斐如
文字編輯／劉葆平、李懷文、鄧沛珍
美術編輯／楊淑惠、阮炫梅、許慕玲
發 行 人／丁懷箴
出　　版／天恩出版社
　　　　　10455臺北市中山區松江路23號10樓
　　　　　郵撥帳號：10162377　天恩出版社
　　　　　電　話：（02）2515-3551　傳　真：（02）2503-5978
　　　　　網　址：http://www.graceph.com
　　　　　E-mail：grace@graceph.com
出版日期／2018年5月初版
年　　度／25 24 23 22 21 20 19
刷　　次／08 07 06 05 04 03 02
登 記 證／局版臺業字第3247號
ISBN 978-986-277-257-7
Printed in Taiwan.　　　　　　　　·版權所有·請勿翻印·

Small is Big:
unleashing the big impact of intentionally small churches